PANIQUE SOUS LES TROPIQUES

W0409590

SOPHIE FORTE

PANIQUE
SOUS LES TROPIQUES

ÉDITIONS PRISMA

© 2023 Éditions Prisma / Prisma Media
ISBN : 978-2-8104-3802-0

Chère lectrice, cher lecteur,

Vous n'avez peut-être pas encore choisi ce livre, et vous lisez le début pour voir de quoi il en retourne. Sachez donc que j'y raconte une histoire aussi vraie qu'invraisemblable. *Panique sous les tropiques* est le premier volet d'une série que je rêve d'écrire sur toutes les fois où j'ai failli crever. Ou entendu la grande faucheuse se faire aiguiser pas très loin…

Alors évidemment, si vous cherchez à vous divertir, cela ne semble pas très engageant. Mais vous savez bien que les situations tragiques font souvent les meilleurs sujets de comédie… Enfin, pas toujours pendant qu'on les vit. Après…

Et rassurez-vous, si vous lisez ces lignes, c'est que je m'en suis sortie ! Pour le moment, bien sûr…

Il m'arrive donc souvent des choses incroyables. La preuve : quand je les raconte, personne ne me croit jamais…

Comme cette fois mémorable où, en Nouvelle-Calédonie, après m'être échappée d'un bateau en feu, j'ai été sauvée d'une embolie pulmonaire sur un îlot désert par une bande de fous, qui prenaient des photos érotiques dans l'eau…

C'était en 1989.

Chapitre un

C'était le printemps, j'avais vingt-cinq ans et le cœur brisé. Il se craquelait chaque jour un peu plus, et je voyais tomber des petits morceaux à terre sans avoir le courage de les ramasser. Car à cette époque de ma vie, je ne savais pas encore que je pouvais les recoller.

J'aimais follement un garçon sublime, et il venait de m'abandonner.

J'avais quitté Lyon et mes parents pour Paris depuis trois ans, et j'avais rencontré au cours René-Simon, où je faisais mes études de comédienne, un grand garçon brun et fin, aux yeux noisette, dont j'étais immédiatement tombée amoureuse. J'avais aussitôt délaissé, sans trop de remords, le tendre Jean-Philippe, petit ami blond et rondelet, bienveillant, mais terne, agent immobilier (non pas que tous les agents immobiliers soient bienveillants et ternes, mais celui-ci l'était...), que je fréquentais depuis quelques mois.

Nicolas et moi avions formé deux années durant le duo le plus glamour du cours. Jouant souvent nos scènes ensemble, nous rencontrions immanquablement le succès. Et la consécration arriva lorsque nous avions présenté une scène de la pièce *Harold et Maude* pour le concours de fin d'année, une histoire d'amour formidable entre un jeune garçon suicidaire et une vieille dame loufoque qui adore la vie.

Tous les deux premiers prix !

Et puis j'étais tombée enceinte. Par accident.

Pour ma part, un mélange d'effroi, d'excitation, de panique, de joie aussi. Pour la sienne, uniquement de panique... Il s'enfuit.

Alors j'avais décidé de ne pas garder l'enfant.

Je me retrouvai subitement en deuil de mon amour, de notre enfant, de mon insouciance, des élans fulgurants et joyeux que donne la jeunesse.

Prostrée depuis un mois dans mon petit studio parisien, m'alimentant du strict nécessaire, ne dormant presque plus, je m'enfonçais chaque jour un peu plus dans le gouffre que l'absence de Nicolas avait creusé. Je ne tenais plus qu'à un fil, et il s'en fallut de peu qu'il ne céda. Personne ne pouvait rien pour moi, ni mes parents, qui vivaient à Lyon et n'étaient pas au courant de la situation (ils s'inquiétaient déjà pour un rien, alors là, ç'aurait été le drame...), ni mes proches qui ne savaient plus quoi me dire, et encore moins quoi faire.

À part un.

Jean-Philippe. Car nous étions restés amis après notre rupture, et nous nous parlions régulièrement. Inquiet à mon sujet car je ne répondais plus à ses appels, il débarqua chez moi un matin ensoleillé de la mi-juin avec des croissants, qu'il finit par dévorer car je ne pus picorer qu'une miette. Et ce qu'il m'annonça me redonna un semblant de sourire. Il savait que j'étais passionnée de voyages. Or, il devait partir deux semaines plus tard en Nouvelle-Calédonie pour aller voir ses parents qui y résidaient. Il proposa de m'emmener.

Bien entendu, il insista sur le fait que nous étions désormais de très bons amis, et qu'il n'y aurait aucune ambiguïté puisque nous avions déjà été amants, et que ce mode de relation entre nous s'était révélé un échec.

J'acceptai sans réfléchir. Je sentais que ce voyage serait sans doute le seul moyen de me sortir de ma torpeur macabre.

La perspective de notre départ fut une véritable libération. Je me sentais chaque jour un peu plus animée d'une énergie nouvelle, préparant mes bagages avec quelques moments de légèreté qui me surprirent moi-même, trouvant l'argent nécessaire en liquidant mon petit PEA et en empruntant le reste à mes parents, qui me le donnèrent finalement.

Et Jean-Philippe et moi nous envolâmes pour un mois de vacances !

Nous avions fait une première escale d'une semaine à Bangkok.

Au début, tout se passa très bien. Nous avions pris deux chambres dans un petit hôtel du centre, et passions nos journées à nous perdre dans la ville, émerveillés par tant d'exotisme, noyés dans le tourbillon de vie incessant, passant de la visite d'un temple à une balade en pousse-pousse, d'une virée en barque sur le marché flottant à un apéritif au coucher du soleil en haut d'un building. Jean-Philippe se montrait bienveillant et joyeux, ma douleur se taisait peu à peu, le visage de Nicolas se fondait dans les foules de Thaïlandais affairés, les nuits m'enveloppaient enfin d'un sommeil réparateur. Je me disais que j'avais vraiment bien fait de partir, que les voyages me sauveraient toujours des pires tourments, et j'étais très reconnaissante envers Jean-Philippe pour qui je ressentais désormais une grande tendresse.

Jusqu'au soir où, après un dîner un peu trop arrosé d'alcool local, il vint toquer à la porte de ma chambre. Déjà en chemise de nuit, les yeux lourds, et bâillant à moitié, je lui ouvris. Il resta un instant figé devant moi, voulut dire quelque chose, referma la bouche et me fixa avec de grands yeux écarquillés.

– Ça va ? m'inquiétai-je.

– Heu... Oui... Non... Est-ce que je peux dormir avec toi ?

– Pourquoi ? Il y a un problème dans ta chambre ?

– Heu... Non, c'est juste que... Je me disais... Enfin, on pourrait...

Je restai interdite un moment. Devant mon silence, Jean-Philippe baissa les yeux, comme un gamin pris en faute, et se tortilla un peu.

– Il est tard, Jean-Phi, et je suis très fatiguée, lançai-je dans un souffle. Bonne nuit Jean-Phi.

Et je refermai aussitôt la porte. Je m'affalai alors sur mon lit, dépitée. Ce que j'avais voulu occulter me sautait aux yeux : Jean-Philippe m'avait demandé de l'accompagner pour me reconquérir ! Subitement, une grave culpabilité s'abattit sur moi. Je m'en voulais terriblement d'avoir accepté ce voyage. Comment avais-je pu être aussi naïve ? Pourquoi n'avais-je pas vu ce qui était si flagrant ? Je partais à l'autre bout du monde avec un ex-amant qui avait été follement amoureux de moi et dévasté de douleur lorsque je l'avais quitté. Il était évident que ses sentiments n'avaient pas pu se transformer en une amitié tranquille et bienveillante en si peu de temps.

Je réalisais à quel point ce voyage n'allait pas être de tout repos.

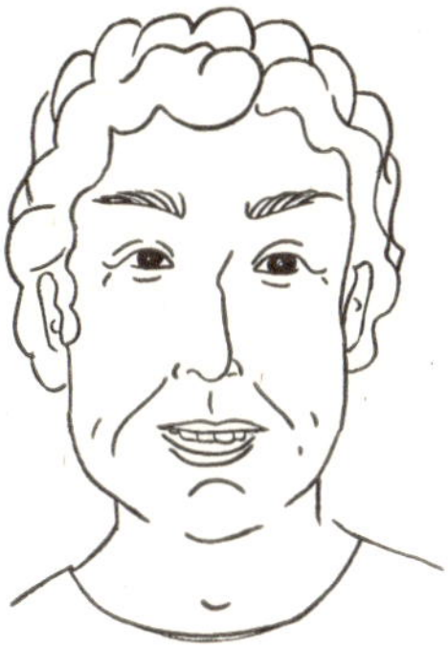

Jean-Philippe, « l'amoureux »

Car dès lors, ce ne furent de la part de Jean-Philippe que paroles ambiguës, regards langoureux, sourires charmeurs et tentatives de frôlements de mains que j'esquivais immanquablement.

Évidemment, plus il agissait ainsi, plus je me montrais réticente. Je devais me rendre à l'évidence : j'étais encore éperdument amoureuse de Nicolas, malgré son attitude lâche et minable, et je n'étais absolument plus attirée par ce pauvre Jean-Philippe que je trouvais désormais ridicule.

Les derniers jours à Bangkok furent terriblement pesants. Jean-Philippe, enlisé dans son rôle d'amant éconduit, s'enfonçait peu à peu dans le pathétique, et je regardais, impuissante, cet affligeant spectacle sans pouvoir lui venir en aide. La veille de notre départ pour Nouméa, je voulus clarifier la situation, au risque de le blesser.

Je lui ai proposé de le laisser continuer seul le voyage et de rentrer à Paris, car la situation devenait trop pesante. Aussitôt, Jean-Philippe s'est insurgé en m'assurant qu'il ne ressentait plus de sentiment amoureux envers moi, et que ce que j'avais pris pour des gestes ambigus n'étaient en fait que des signes de tendresse. Il m'a suppliée de rester avec lui, et j'ai fini par accepter. Je suis allée me coucher tôt en prévision du long trajet qui nous attendait le lendemain.

Vers trois heures du matin, on toqua à ma porte. Jean-Philippe, imbibé d'alcool, m'apparut pâle et titubant.

– Laisse-moi entrer ! ordonna-t-il, en traînant sur le « é ».

– Non, je suis désolée, Jean-Phi. Je t'aime beaucoup, tu le sais, mais les choses étaient claires dès le départ, je ne veux pas que nous sortions ensemble de nouveau. Je te considère comme un ami, je ne peux pas ressentir d'autres sentiments pour toi, je suis vraiment désolée.

– Mais je t'aaaaimme !!! se mit-il à hurler comme un loup blessé. Je t'aaaaime !!!!

– Mais chut, voyons, tu vas réveiller tout l'hôtel !

– Je m'en fous ! Je t'aaaaaaaaime !!!!!

– Écoute, il faut dormir là, on prend un avion dans quelques heures, et on...

– Fou ! Fou ! Je suis fou de toi, tu comprends, fou !!!

– Oui, oui, mais là ce n'est pas possible...

Et il se jeta sur moi pour m'embrasser. Comme je le repoussai, il partit à reculons, se cogna le dos contre le mur d'en face (le couloir était très étroit), et revint dans un rebond jusqu'à moi. Dans un élan désespéré, il se mit à genoux et hurla :

– Veux-tu m'épouser !!!!

C'est à ce moment-là que le gros Thaïlandais, qui se tenait généralement à l'accueil, apparut et se mit à dire des choses à moitié dans sa langue, à moitié dans un anglais approximatif et incompréhensible. Mais tout portait à croire qu'il n'était pas content.

J'ai balbutié : « *Sorry, sorry* », et ai tiré Jean-Philippe, à présent à quatre pattes, dans ma chambre, de peur que l'on ne se fasse virer de l'hôtel. Il s'affala à plat ventre devant la porte, et j'eus du mal à la refermer car un de ses pieds ne voulait pas entrer. Il se mit alors à sangloter, et ses pleurs étaient entrecoupés de paroles amoureuses et désespérées qui me fendirent le cœur.

– Tu es la femme de ma vie, tu ne le sais pas encore, mais tu verras, on aura des enfants, et ce sera merveilleux, je t'aime depuis la première fois que je t'ai vue, et je n'ai rien dit, mais j'ai failli mourir quand tu m'as quitté pour ce type, ce con qui n'en valait même pas la peine, mais moi, je vais prendre soin de toi !

Et il vomit sur la moquette.

Chapitre deux

Nous partîmes à l'aéroport au petit matin dans un silence absolu.

Jean-Philippe s'était confondu en excuses avant de quitter l'hôtel, avait mis son attitude sur le compte de l'alcool, même versé une larme, et juré par tous les saints que cette situation ne se reproduirait plus jamais.

Je voulais rentrer à Paris, mais en même temps je voyais Jean-Philippe si mal, si désolé que je n'avais pas la force de l'abandonner.

Une fois dans l'avion, il sombra dans un profond sommeil, ce qui me laissa enfin un peu de répit.

Après un long vol durant lequel Jean-Philippe n'avait pas ouvert un œil, et moi pas fermé les miens, nous avons fini par arriver à Nouméa. Je me sentais soulagée de ne plus devoir me retrouver en permanence en tête à tête avec lui.

Dans une grande maison blanche avec piscine d'un quartier résidentiel nous attendaient ses parents. Ils furent ravis de nous voir arriver, et on nous proposa d'emblée une très belle chambre avec un grand lit. Jean-Philippe afficha un sourire radieux. Et je fus extrêmement gênée de devoir expliquer à sa mère que, non, nous ne dormions pas ensemble… Jean-Philippe, désappointé, se renfrogna immédiatement, et il partit bouder dans une petite chambre avec un lit une place, alors que je posais mes bagages dans une autre semblable. Je le soupçonnais évidemment d'avoir dit à sa famille que j'étais sa petite amie…

Le soir, c'est moi qui suis allée toquer à sa porte. Je voulais mettre les choses au clair une bonne fois pour toutes. Jean-Philippe s'assit sur son petit lit et m'écouta docilement. Je lui dis qu'il aurait dû être plus clair sur ses intentions dès le départ, au lieu de me parler d'amitié.

Il me répondit, confus, que s'il m'avait dit la vérité, je ne serais sans doute jamais partie avec lui, ce en quoi il n'avait pas tort. Et puis il avait pensé sincèrement que nous pourrions être amis, car il préférait ça plutôt que de me perdre à jamais. Mais en étant avec moi toute la journée, cette amitié lui était finalement apparue inenvisageable.

Je l'ai pris dans mes bras, je l'ai embrassé sur la joue. Il s'est mis à pleurer doucement. Je lui ai dit en le berçant : « Ça va aller, ça va aller, je t'aime beaucoup tu sais. » Il m'a répondu qu'il allait faire un effort, qu'il était désolé, qu'il avait honte, on s'est encore embrassé sur les joues et je suis retournée me coucher, apaisée...

Nouméa était un enchantement ! Une charmante ville à taille humaine envahie de verdure et de fleurs, des plages de sable blanc, un lagon de carte postale aux couleurs turquoise, un port adorable, des gens souriants, un temps divin. Jean-Philippe gardait désormais ses distances, ses parents se révélaient être assez sympathiques, je me sentais enfin légère. Bien sûr, le souvenir de Nicolas était toujours très présent, mais je ne le laissais pas m'envahir, je ne voulais rien gâcher de tous ces jolis moments. J'avais (et j'ai toujours !) la chance d'avoir des élans de vie quoi qu'il arrive, des émerveillements permanents, et un enthousiasme non feint qui rendait toute situation pétillante et joyeuse.

Quelques jours après notre arrivée, les parents de Jean-Philippe nous ont proposé de partir faire une petite balade en bateau. Ils partageaient un bateau à moteur d'une dizaine de mètres avec un autre couple qui n'était pas libre ce dimanche-là, donc nous nous sommes retrouvés tous les quatre pour larguer les amarres. Au début, tout allait bien. Le temps était clément, l'océan d'huile, nous sommes sortis du port sans encombre, nous avons franchi la barrière de corail et mis le cap sur un îlot qui se trouvait à deux heures de navigation. Le père, petit bonhomme jovial (qui avait un haut poste dans une compagnie d'assurances, mais cela n'a aucune espèce d'importance dans mon histoire), sifflotait, sa casquette de marin enfoncée sur son crâne à demi chauve. Et puis il y eut un peu de clapotis. Le père ne sifflait plus. Puis du roulis. Le père ne parlait plus non plus, il scrutait la mer avec angoisse. Puis il y eut des vagues, que nous prenions désormais de face car le vent avait changé, et surtout forci. Le père s'accrochait désespérément à sa barre avec un rictus d'effroi. La mère restait impassible, assise sur la banquette arrière du bateau, et Jean-Philippe et moi commencions à nous inquiéter. Les grosses vagues arrivèrent très rapidement. Notre coquille de noix, désormais ballottée de toute part, montait et descendait comme si elle était sur des montagnes russes. C'est alors que le père a poussé un gémissement, a lâché la barre et a déguerpi pour aller s'enfermer dans la petite cabine avant.

Comme ça, d'un coup. Il avait déserté ! Jean-Philippe descendit pour le raisonner, tandis que je prenais la barre. La mère, qui n'avait toujours pas bougé depuis notre départ, agrippée au bastingage, répétait entre ses dents :

– Quel lâche, non, mais quel lâche !

Je tenais le cap, mais je ne savais absolument pas où nous allions, et l'eau que je me prenais dans le visage régulièrement n'aidait pas aux repérages. Jean-Philippe est enfin remonté au bout d'une dizaine de minutes interminables, et il a hurlé (il était face au vent et se faisait bien doucher lui aussi) :

– Il ne reviendra pas ! Il faut ramener le bateau ! Il faut rentrer !

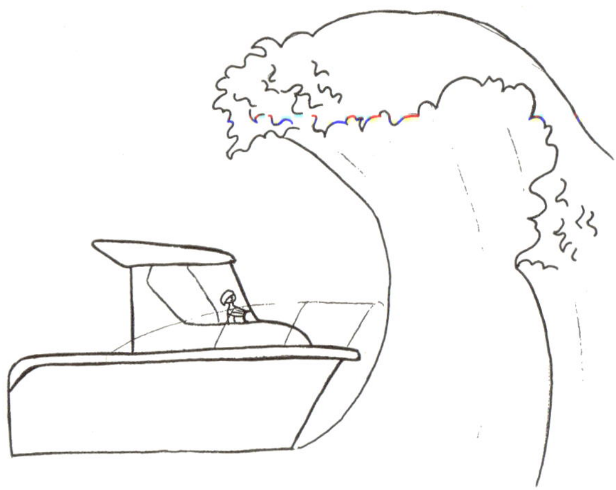

Un dimanche idyllique

Rentrer, mais par où ? Comment ? Dans quel sens ? Je regardais la boussole dont l'aiguille s'agitait, et tout autour de moi un océan déchaîné, pas d'île à l'horizon, pas le moindre bout de terre. Et je n'avais jamais barré un si gros bateau de ma vie. J'avais possédé un petit voilier de quatre mètres vingt dans ma jeunesse, lorsque mes parents et moi allions en vacances dans notre bungalow dans le Midi, je savais que j'avais le pied marin, mais naviguer sur ce bateau n'avait absolument rien à voir...

Jean-Philippe redescendit dans le carré pour ramener des gilets de sauvetage que nous enfilâmes à la hâte, et il aida sa mère, de plus en plus figée, à passer ses bras dans le sien.

J'avais à présent du mal à tenir la barre. Elle voulait tourner toute seule, et il n'était pas question de la laisser vivre sa vie, et de perdre le contrôle du bateau. Je tenais bon en serrant les dents, tandis que Jean-Philippe tentait de décrypter une pseudo-carte pour retrouver le port. Le plus compliqué allait être de repérer la passe, qui devait être balisée tout de même, pour ne pas aller s'écraser sur la barrière de corail. Soudain, on entendit un cri déchirant : la mère vomissait tripes et boyaux, même pas par-dessus bord.

Je maudissais sa mauviette de mari, tout en essayant de fixer l'horizon, pour ne pas être moi aussi en proie à des nausées. Jean-Philippe voulut prendre la barre, mais je le repoussai, sachant pertinemment que si je n'étais plus occupée, j'allais être malade à mon tour. Il m'indiqua un cap, j'essayai tant bien que mal de manœuvrer dans cette direction. Combien de temps avons-nous mis pour repérer cette foutue passe ? Je ne m'en souviens plus. Mais il faisait presque nuit lorsque nous sommes enfin arrivés au port, alors que nous étions partis en fin de matinée. Je ne sais pas par quel miracle je réussis à amarrer le bateau à l'endroit qui lui était destiné. Totalement rincés, hagards, nous avons ramassé nos affaires. Jean-Philippe a aidé sa mère, livide et chancelante, à mettre pied à terre. Et nous sommes rentrés à la maison, laissant le père dans son trou. Il avait sans doute trop honte de se montrer...

Ce n'est que tard dans la soirée qu'il réapparut. Jean-Philippe et moi étions dans le salon, la mère était couchée depuis longtemps. Alors le père s'est approché de nous, et il a lancé :

– Sacrée bourrasque, hein !

Puis, devant nos visages consternés, il s'est enfui tête basse dans sa chambre.

J'avoue avoir eu du mal après cette mésaventure à lui adresser la parole, et lui à nous regarder dans les yeux. Quant à sa femme, qui n'était déjà pas très loquace, elle demeura quasi muette pendant quelque temps...

Mais les histoires rocambolesques ne faisaient que commencer...

Chapitre trois

Quelques jours plus tard, il devait être une heure du matin, je fus réveillée par un terrible cri en provenance de la chambre de Jean-Philippe. Je me suis aussitôt précipitée dans le couloir, et je l'ai vu venir à ma rencontre, sautant comme le Marsupilami, et se contorsionnant en hurlant.

– Mais enfin, qu'est-ce qui t'arrive ?! ! paniquai-je.

– Je… Je ne sais pas… Haaa !! Haaa !! C'est comme des décharges électriques. Haaa !!!! Dans tout le corps. Haaa ! La piscine, vite, il faut que j'aille dans la piscine !

Et il se mit à bondir en direction du jardin, s'élançant vers l'eau salvatrice, mais malheureusement, il ne vit pas la baie vitrée et se la prit dans la figure en plein vol. Il retomba sur le dos dans un bruit sourd et émit un ultime couinement. Et puis, plus rien. Il ne bougeait plus. J'ai accouru auprès de lui, je l'ai secoué, je lui ai mis une claque en criant son nom. Ça l'a réveillé aussi sec. Il a ouvert ses grands yeux bleus, m'a souri, puis a recommencé à se tortiller au sol comme un ver de terre à qui on vient de couper un bout du corps.

– Ça me reprend, ça me reprend, gémissait-il.

Ses parents sont arrivés, nous avons appelé SOS Médecins, je tentais de lui tenir la main, mais ce n'était pas très facile, elle faisait régulièrement des moulinets dans les airs, comme si tout son corps était possédé. C'était affreux.

Le médecin lui administra par piqûre un calmant, ce qui ne fit pas effet tout de suite. Encore pris de convulsions, Jean-Philippe réussit tout de même à crapahuter jusqu'au salon, et il s'affala sur le canapé dans un dernier râle, pour enfin trouver la paix. À présent tout mou, il souriait aux anges et marmonnait des trucs incompréhensibles. Puis il finit par s'endormir, jambes écartées, bouche ouverte, un bras échappé du canapé.

Le médecin semblait lui aussi très étonné par ce phénomène. Il ne savait pas quoi dire, et décida de prescrire des examens en laboratoire à faire dès le lendemain. Il laissa aussi quelques calmants en comprimés au cas où ça le reprendrait dans la nuit. Avant de passer la porte, il réfléchit encore et dit :

– J'ai l'impression que c'est un genre de danse de Saint-Guy, qui touche le système nerveux. Ça peut être d'origine infectieuse. Ou peut-être émotionnelle… Est-ce qu'il a vécu des choses perturbantes ces derniers jours ?

Évidemment, je me sentis directement concernée. Mais je n'étais pas la seule. Le père fit une sorte de moue et se mit à regarder ses chaussures, sous le regard meurtrier de la mère.

Il était vrai que, depuis quelque temps, le pauvre Jean-Philippe avait été peu épargné…

Le lendemain, il allait mieux. Il était encore un peu sonné par la piqûre, mais ne se tortillait plus dans tous les sens. Nous sommes partis avec sa mère pour le laboratoire, où on lui fit une prise de sang. Puis nous avons fait une courte promenade tous les trois sur la plage. Sa mère paraissait très inquiète, mais Jean-Philippe la rassura en affirmant qu'il se sentait très bien.

Nous étions, ce jour-là, invités à déjeuner chez un collègue du père, avec toute sa famille, mais la mère avait dit qu'il serait plus raisonnable que Jean-Philippe et moi restions à la maison. Il avait protesté. Il avait eu un coup de fatigue, voilà tout, il ne fallait pas en faire toute une histoire, et d'ailleurs il mourait de faim.

C'est ainsi que nous nous sommes retrouvés pour un charmant déjeuner, dans un immense jardin aux mille couleurs et senteurs, où une table à nappe blanche avait été dressée au bord d'une longue piscine en mosaïques bleues. Leurs amis avaient un fils handicapé mental d'une vingtaine d'années, que l'on plaça en face de Jean-Philippe. Le pauvre garçon émettait des sons étranges, ponctués parfois de rires nasillards et effrayants, tout en agitant ses grandes mains comme pour chasser de fictives mouches. Ses gestes désordonnés lui donnaient un air de marionnette agitée par un vilain plaisantin, sa tête allait tantôt de gauche à droite, tantôt carrément en arrière, et l'on pouvait voir sa pomme d'Adam proéminente monter et descendre le long de son cou trop fin. Assise moi aussi face à lui, j'évitais de trop l'observer pour ne pas créer de malaise, et mangeais le plus possible le nez dans mon assiette.

C'est alors qu'il se produisit un phénomène des plus étranges. Je sais, en écrivant ces lignes, que tout lecteur sensé se dira que j'invente l'histoire qui va suivre, mais il n'en est rien. Je me suis promis de ne relater dans ce livre que des faits ayant réellement eu lieu, et je n'en dérogerai pas. Mais je dois reconnaître que l'on peut parfois avoir des doutes sur la véracité de certains récits...

On arrivait au dessert, et Jean-Philippe, qui s'était comporté tout à fait normalement depuis le début du repas, s'est mis à bouger étrangement. Ses épaules montaient et descendaient sans raison, sa tête dodelinait, sa bouche se tordait. Puis il a agité les bras de façon totalement anarchique, en poussant de curieux gémissements. Tout le monde a cessé de manger pour l'observer. C'est alors que le jeune homme handicapé, s'imaginant sans doute découvrir en face de lui un de ses semblables, s'est animé de plus belle. Et l'on a pu voir le curieux spectacle de deux jeunes hommes qui paraissaient se singer l'un l'autre, dans une confusion totale de mouvements et de cris, sous les regards consternés de leurs familles. Un terrible fou rire que j'eus vraiment du mal à réfréner m'a prise alors. Le visage caché dans ma serviette, je me tordais sur ma chaise, et, le plus discrètement possible, je hoquetais en chassant des larmes. J'avais beau essayer de respirer, ou de penser à des choses graves, rien ne marchait. C'était épouvantable. La mère du jeune homme est intervenue. Elle nous a foudroyés du regard et a dit :

– Je vous en prie, ce n'est pas bien de se moquer de mon fils !

Mais le pauvre Jean-Philippe, extrêmement gêné, ne pouvait plus se contrôler. Il s'est levé d'un bond et est parti se contorsionner loin du jeune homme qui exultait à présent, ravi d'avoir trouvé un copain. La mère de Jean-Phi l'a suivi immédiatement pour lui administrer un calmant qu'elle avait par chance pris soin d'emporter avec elle. Quant à moi, dans un ultime effort pour réfréner ce fou rire dévastateur, j'ai tenté, en m'essuyant les yeux et en m'excusant, d'expliquer à la maîtresse de maison que Jean-Philippe ne cherchait pas à se moquer, mais qu'il était en proie à une étrange maladie depuis la veille. Elle est restée dubitative, tout comme le père d'ailleurs, qui, pour dissiper le malaise, a proposé d'aller prendre le café sous la véranda. Jean-Philippe, à présent allongé dans le canapé du salon, voulait s'exprimer, mais sa bouche refusait d'articuler des vrais mots. Cette fois-ci, carrément inquiets, nous avons pris rapidement congé de cette charmante famille pour emmener Jean-Philippe à l'hôpital.

Il y est resté jusqu'au lendemain en observation, et on lui a fait une batterie d'examens.

Mais on n'a rien trouvé de préoccupant. On a parlé de surmenage, de dépression, de symptômes semblables à la danse de Saint-Guy, mais sans aucune certitude. On lui a prescrit des calmants à prendre chaque jour, et on a préconisé du repos. Il a demeuré donc dans une chaise longue près de la piscine jusqu'au dernier jour des vacances.

Et moi, je n'avais pas la danse de Saint-Guy, mais la bougeotte. Je voyais le jour du retour se rapprocher, sans que nous ayons pu visiter les îles alentour, puisque notre première tentative de navigation s'était révélée infructueuse. J'ai demandé à Jean-Philippe si ça ne le dérangeait pas que j'aille faire une petite croisière de deux jours, car j'avais vu sur le port des skippers avec leurs voiliers qui proposaient ce genre de prestation. Jean-Philippe a fait sa tête de chien battu. Il avait une faculté incroyable à faire à la demande tomber le coin de ses yeux, ce qui m'épatait. Il a répondu mollement que oui, il fallait que j'en profite, et qu'il était absolument désolé de ne pas pouvoir m'accompagner.

C'est ainsi que j'embarquai le lendemain même sur un joli petit voilier d'une douzaine de mètres de long, avec un charmant skipper au teint buriné et un couple de jeunes Japonais qui parlaient mal l'anglais.

Cette fois-ci, j'étais entre de bonnes mains, et je ne voyais vraiment pas ce qui allait pouvoir m'empêcher de me baigner dans les lagons turquoise de ces îles enchanteresses.

À part peut-être cette très vive douleur que j'avais ressentie dans ma jambe droite juste avant de monter à bord, et qui m'empêchait désormais de poser le pied au sol…

J'en fis part au skipper, qui n'était certes pas médecin, mais qui était mon seul interlocuteur possible. Il me dit que j'avais dû sans doute marcher sur un poisson-pierre, ce qui arrivait fréquemment. Le poisson est enfoui dans le sable, invisible, et lorsque l'on pose le pied dessus, on ressent comme une décharge électrique et la jambe reste paralysée un moment. Mais je n'avais pas marché pieds nus sur le sable, ni croisé le moindre poisson-pierre autour de la piscine des parents de Jean-Philippe…

Comme il n'y avait pas du tout de vent, nous avancions tranquillement, depuis quelques heures déjà, au moteur, dont le bruit nous berçait. Le skipper sifflait, les Japonais semblaient ravis, et tout aurait été pour le mieux si ma jambe ne s'était pas mise à gonfler. J'étais en train d'observer avec angoisse ce curieux phénomène, lorsqu'une odeur de brûlé envahit nos narines. Elle provenait du moteur. Le skipper souleva le capot, et une épaisse fumée s'en échappa.

– Merde ! il a dit.

– C'est grave ? j'ai demandé.

– Je ne sais pas. Ça se répare sûrement, mais ça va prendre du temps.

Et il s'est mis à tousser à cause de la fumée noire.

– Bon, reprit-il, je suis désolé, mais on ne va pas pouvoir aller plus loin pour le moment. *Sorry. A small problem…* Mais on aperçoit un petit îlot très sympa, là-bas.

Il a montré un tout petit point blanc au loin.

– Prenez le canot et allez-y, vous pourrez vous balader et vous baigner. *Island, here !*

Il a montré de nouveau le point blanc.

Une croisière idéale

Et je me suis retrouvée avec les Japonais dans le canot gonflable, qui était heureusement équipé d'un petit moteur. Rapidement, nous avons débarqué sur un minuscule îlot perdu au milieu de l'océan. Une bande de sable blanc entourant une petite forêt de palmiers. Pas une habitation... Le couple est parti explorer les lieux, j'aurais bien aimé en faire autant, mais ma jambe me faisait de plus en plus souffrir. Je les regardais s'éloigner comme dans un rêve, j'essayais tout de même d'avancer en boitillant, et j'ai soudain eu très froid, ce qui paraissait incongru sous un tel climat. Un froid étrange, venu de l'intérieur. Je me suis dirigée péniblement vers un cocotier, et me suis affalée dessous. Ma vision devenait floue, et je claquais des dents. Je suis restée là un bon moment, inerte, à fixer l'horizon.

C'est alors que j'ai commencé à m'inquiéter pour ma santé mentale : j'ai vu comme un mirage, sans doute à cause de la fièvre.

Ils étaient six, hommes et femmes, barbotant dans l'eau jusqu'à la taille, arborant des boas de toutes les couleurs, des perruques folles, des chapeaux hauts de forme, des pistolets en plastique, des masques. Ils poussaient des cris, riaient aux éclats, s'enlaçaient, s'embrassaient, se roulaient dans les vagues. Et ils étaient presque tous nus. Un homme, en slip de bain, lui, prenait des photos depuis la plage. Je me frottais les yeux, pas certaine de voir réellement ce que je voyais. Mais ils étaient bien réels et s'amusaient comme des fous. Je me disais que j'étais peut-être morte, et que le paradis ressemblait à un shooting photo érotique. J'ai tenté tout de même d'appeler, mais j'avais du mal à sortir un son audible tant je me sentais faible. Et ils se trouvaient assez loin de mon palmier. Finalement, un homme affublé d'un boa rose et d'un chapeau haut de forme a pointé son doigt dans ma direction, et celui qui prenait les photos s'est retourné. Il est alors venu à ma rencontre. Il devait avoir une quarantaine d'années, grand, brun, musclé, avec une grosse moustache et un sourire génial. Il ressemblait étrangement à Tom Selleck, le comédien qui incarnait Magnum, héros de la série télé de l'époque. J'en ai conclu que je délirais complètement…

Il s'est accroupi à mes côtés.

– Bonjour, jolie demoiselle, me lança-t-il, l'œil pétillant, avec un accent du sud de la France. Alors comme ça, on prend le frais toute seule sous un cocotier ?!

– Je ne me sens pas très bien, ai-je marmonné.

– Eh ben, qu'est-ce qui se passe ? Un petit coup de chaud ! C'est rien, ça. Il faut venir dans l'eau avec nous, ça va vous rafraîchir.

– Non, c'est ma jambe qui... Elle me fait mal. Et j'ai froid.

Il a regardé ma jambe et tâté mon mollet.

– Ah, s'est-il écrié, mais c'est rien, ça, c'est un poisson-pierre. Quand on marche dessus, ça fait comme une décharge, et puis, ça paralyse un petit moment. Ça peut même donner de la fièvre, cette saleté. Il faut faire circuler le sang, vous dégourdir les jambes. Allez, hop, accrochez-vous à mon cou, et venez, je vous enlève. Mais, vous êtes juste en maillot de bain, comme ça, vous n'avez pas de sac ?

– Non, il est sur le bateau qui est en train de brûler, là-bas...

Il a regardé en direction du bateau dont s'échappait encore une fumée noire.

– Ah ben vous, vous n'êtes pas banale, alors. Une sirène ! Vous êtes une sirène ! Allez, je vous enlève, ma petite sirène !

Et il m'a soulevée dans les airs et m'a portée jusqu'à ses amis qui m'ont accueillie avec des cris de joie. Je n'étais tout de même pas très rassurée. Je me voyais mal me mettre subitement à batifoler à poil avec des inconnus alors que j'étais sans doute mourante.

– Regardez ce que j'ai trouvé sous le cocotier, dit Magnum, tout heureux, une sirène ! Elle va venir jouer avec nous !

Je m'interrogeais sur le sens exact de ce mot lorsqu'on m'a mis dans la main une longue feuille de palmier et un loup sur les yeux.

– On fait des petits films et des photos entre copains pour rigoler, dit l'homme, c'est le week-end, on décompresse ! Allez, *smile*, *cheese*, ouistiti !

Les filles étaient très belles, bronzées, seins nus et en string, très sensuelles. Elles avaient toutes des fesses formidables, hautes et fermes, qu'elles agitaient au ras de l'eau en riant. Les hommes, très beaux eux aussi, bronzés et musclés, prenaient des poses de statues grecques en faisant ressortir leurs biceps. Je me sentais minuscule et chétive au milieu de tous ces Ken et Barbie, mais j'ai décidé de m'en moquer. L'heure n'était pas aux complexes, et je jouais le jeu, comme lorsqu'on rêve, qu'on a conscience de rêver, et qu'on se dit : *Laisse-toi aller, rien de tout cela n'est réel !* Et en même temps je me rendais bien compte que je vivais quelque chose d'exceptionnel, de complètement fou, et j'avais très envie d'aller au bout de l'aventure.

Nous avons pris des poses invraisemblables, comme pour une affiche d'un soap américain : les filles s'étiraient au soleil, les garçons offraient des sourires pleins de dents. Puis nous avons échangé nos accessoires, on m'a passé un boa blanc autour du cou, on m'a mis un pistolet en plastique entre les mains, je me suis laissée faire en riant. Une fille jetait des paillettes en l'air en gloussant, un type se retrouvait nu avec une longue plume entre les fesses.

Je ne pouvais plus m'arrêter de rire, spectatrice et actrice de ce délire joyeux. J'en avais oublié ma douleur, Jean-Phi et sa danse de Saint-Guy, mon retour imminent en France, je ne voyais que du bleu, une lumière intense, des plumes et des paillettes. Je n'entendais que des cris de joie mêlés au clapotis des vagues.

L'eau était turquoise, transparente, et si chaude ! On pouvait voir tout près de nos pieds passer des petits poissons colorés, j'essayais de les toucher, je n'en avais jamais vu autant. Magnum me dit :

– Alors, petite sirène, tu veux aller nager avec tes amis les poissons ?

Et il m'a donné un masque et un tuba. Je me suis mise à barboter dans un véritable aquarium, c'était absolument magique, les poissons me frôlaient, il y en avait des centaines. Je me suis retrouvée nez à nez avec un gros bleu qui possédait un bec ! J'ai sorti la tête de l'eau.

– Il y a un poisson avec un drôle de bec ! criai-je.

– Ah, dit Magnum qui ne me quittait décidément pas des yeux. Ça, c'est le poisson-perroquet. Tu as vu comme il a de belles couleurs ?

Je suis retournée sous l'eau. Effectivement, cet animal était vraiment splendide. Son corps offrait un dégradé de couleurs bleues allant du turquoise à l'outremer, avec des écailles roses et une sorte de col jaune vif. Il me fixait de ses yeux ronds, j'étais totalement hypnotisée.

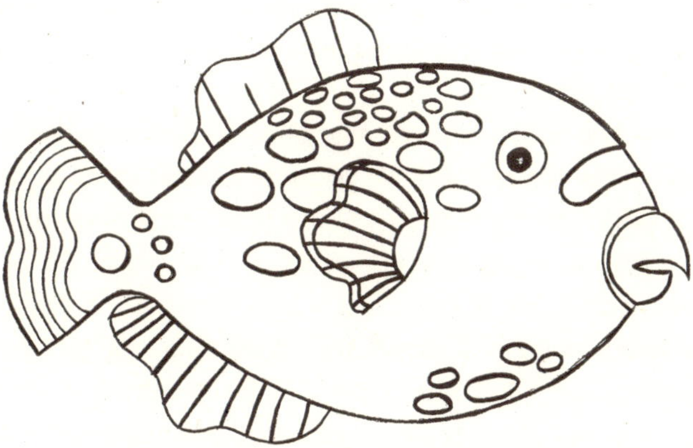

Le poisson-perroquet

Je ne sais plus combien de temps je suis restée comme ça, en extase devant des poissons. Mais subitement, ma jambe s'est mise à me lancer terriblement, et j'avais du mal à respirer dans mon tuba. J'ai relevé la tête pour l'enlever. Le problème, c'est que je ne respirais pas mieux sans le tuba ! J'ai rampé hors de l'eau et me suis affalée sur le sable blanc.

Inquiets, les joyeux drilles se sont réunis autour de moi.

– Ça va pas du tout, j'ai lancé dans un souffle. J'ai de plus en plus mal à la jambe, et j'ai l'impression d'étouffer.

Ma jambe droite avait à présent doublé de volume, et mon front était brûlant.

– Oh là là ! s'inquiéta Magnum. Elle a pas marché sur un poisson-pierre, non, non, non. Je sais pas ce qu'elle a, mais c'est mauvais, ça, je l'emmène à l'hôpital, la petite. Les copains, vous passez la nuit ici comme prévu ? Vous rentrerez demain avec l'autre bateau. Moi, je prends le mien. Et il faut qu'on se dépêche, parce qu'il va bientôt faire nuit.

On m'a portée jusqu'à un gros bateau à moteur qui était amarré au bout d'un petit quai en bois, on m'a enroulée dans une couverture et on m'a installée à l'arrière. J'ai remercié et dit au revoir à tout le monde en agitant la main. Mon corps tout entier me faisait mal.

Le bateau allait vite. On a fait un détour pour passer prendre mes affaires sur le premier bateau dont le moteur n'était toujours pas réparé, et on a foncé vers Nouméa. Mais il était déjà dix-huit heures, et le soleil se couchait. Le vent me faisait du bien, je regardais le ciel s'embraser, et j'avais le pressentiment qu'il m'arrivait quelque chose de grave et que ce flamboyant spectacle pouvait bien être mon dernier. Le froid me faisait claquer des dents, et je suis partie me réfugier dans la cabine avant. J'avais dû m'endormir un moment, car lorsque j'ai rouvert les yeux, le bateau, ballotté par les vagues, était à l'arrêt. J'ai appelé :

– Monsieur ! Monsieur !

– Michel, dit Magnum en arrivant dans la cabine. Comment ça va ?

– Je ne sais pas...

– J'ai un petit problème. Il est deux heures du matin et je n'ai toujours pas trouvé la passe.

– Quoi ?

– Oui, pour franchir la barrière de corail, il y a une passe.

– Je sais, oui.

– Eh ben, je comprends pas, je la trouve plus. Pourtant j'ai l'habitude, hein ! Mais pas de nuit... Jamais de nuit...

Ensuite, je me souviens qu'il me portait en hurlant dans les couloirs d'un hôpital, il courait, il criait : « Vite, vite, c'est une urgence ! » Je me suis retrouvée rapidement allongée sur un lit dans une petite pièce, seulement vêtue de mon maillot de bain à fleurs et de mes chaussures roses en plastique. Aussitôt, des hommes en blouse blanche se sont affairés autour de moi. Ils ont essayé à tour de rôle de m'enfoncer une longue aiguille dans une veine illiaque. Je hurlais de douleur. On m'a expliqué qu'on devait me faire une phlébographie, c'est-à-dire m'enfoncer une aiguille dans la veine cave inférieure pour y injecter un produit de contraste iodé. De cette façon, on pouvait voir s'il y avait une thrombose, un caillot qui bouchait la veine, et qui pouvait remonter jusqu'au poumon et provoquer une embolie pulmonaire.

Mais ces infirmiers caldoches (les Blancs nés en Nouvelle-Calédonie) étaient des novices, et n'arrivaient pas à piquer dans cette foutue veine. Au bout de la dixième tentative, j'ai commencé à insulter tout le monde.

– Bande de glands, vous n'êtes même pas fichus de trouver une veine !

– Calmez-vous, mademoiselle, c'est déjà assez stressant comme ça !

– Mais c'est surtout pour moi que c'est stressant ! Vous me faites très mal ! Vous n'avez pas un vrai médecin dans cet hôpital ?

Finalement, vers cinq heures du matin, un type est arrivé en bâillant, complètement en vrac, hirsute et pas rasé. Il a réussi à piquer la veine du premier coup, ce qui n'a pas manqué de m'étonner vu son état, et on a pu me faire la radio. Puis on m'a laissée seule un moment. Le médecin aux airs de Gainsbourg en fin de vie a fini par revenir avec deux de ses acolytes, en silence. Il s'est approché de moi et s'est raclé plusieurs fois la gorge. Puis il m'a dit doucement :

– C'est grave, mademoiselle, vous faites une embolie pulmonaire, le caillot est déjà très haut, et...

Il s'est tu.

– Et quoi ? Et quoi ?

– On ne pense pas pouvoir vous sauver.

– Comment ça ?

– Oui... Heu... On n'a pas le matériel pour opérer ici, c'est un hôpital militaire, et puis on n'a pas de scanner. Et de toute façon, même si on était mieux équipés, on ne pourrait rien faire. On va quand même vous injecter des anticoagulants... Vous voulez appeler quelqu'un ?

– Ça veut dire que je vais mourir ? j'ai demandé d'une toute petite voix.

– Oui... Heu... C'est possible... La veine cave est bouchée.

– Combien de chances de m'en sortir ?

– Pas beaucoup… Un miracle…

Je me suis mise à hurler, comme lorsque l'on veut se réveiller pour sortir d'un cauchemar. Le médecin me demandait de me calmer, mais je ne pouvais pas. Il m'a donné un verre d'eau, mais j'étais incapable de boire, mon cœur battait à toute vitesse. Un infirmier est arrivé avec un téléphone à cadran, il l'a branché et l'a posé sur la petite table à côté de mon lit. Je devais appeler mes parents.

J'ai composé péniblement le numéro de l'appartement à Lyon. Il était quinze heures en France. Maman a décroché.

– Allô, maman, c'est moi.

– Oh, ma minette, c'est gentil de nous appeler ! Comment vas-tu ?

– Pas… Pas très bien, maman… Je… Je suis à l'hôpital.

– Quoi, à l'hôpital ? Pourquoi ? Qu'est-ce qui se passe ?

– Je fais une embolie pulmonaire, et…

Je ne pouvais plus parler. Je ne pouvais pas retenir mes pleurs.

– Mais c'est pas vrai ! Mais qu'est-ce qui se passe ? Une embolie ? Mais comment ? Et qu'est-ce qu'ils disent, les médecins ?

– Ils disent… Ils disent que c'est sûrement foutu. Je reviendrai pas, maman…

J'ai entendu la voix de mon père qui disait : « Mais qu'est-ce qui arrive à notre minette ? » Et maman qui répondait : « Elle va pas bien, elle est à l'hôpital, attends… Sophie, Sophie, tu m'entends ? »

– Oui, maman, je voulais vous dire que je vous aime, vous avez été des parents parfaits, merveilleux, j'en aurais pas voulu d'autres.

– Mais qu'est-ce que tu racontes, ma minette, c'est pas possible !

Et j'ai entendu mon père crier : « Mais non, mais non, c'est pas possible ! » Et maman a dit :

– Je veux parler avec un médecin !

Et je lui ai passé le type hirsute qui s'est mis à répéter :

– Non, peu de chances... non... à ce stade... non... très peu de chances...

Et ensuite, tout est devenu flou.

Lorsque j'ai recouvré mes esprits, j'étais allongée dans un lit, dans une grande salle avec d'autres patients, seuls des draps blancs tendus nous séparaient les uns des autres, et je pouvais entendre de toutes parts des plaintes et des gémissements. J'avais une aiguille plantée dans le bras, et un liquide s'écoulait dans ma veine. On avait enroulé autour de ma jambe droite une bande de couleur chair très serrée. J'ai vu un filet de lumière passer sous la porte. J'ai appelé :

– S'il vous plaît ! S'il vous plaît ! Quelqu'un peut venir ?

Mais personne ne venait. J'entendais des cris de plus en plus forts à ma gauche, on aurait dit ceux d'un enfant, ou d'une jeune fille. Ces cris étaient mêlés à ceux d'une femme. Et puis j'ai entendu des médecins arriver, et encore des cris, et puis plus rien. Et la femme a poussé un hurlement déchirant. J'ai su par la suite qu'une jeune fille kanake de quinze ans venait de décéder d'une embolie. Il y avait aussi les râles d'un vieux monsieur tout près de moi, derrière le drap de droite. C'était absolument effrayant. Je continuais d'appeler, mais en vain. On m'avait ôté mon petit maillot de bain et vêtue d'une longue chemise blanche nouée dans le dos. Je commençais à m'énerver, et hurlais de plus belle.

C'est à ce moment-là qu'il arriva. Il m'est apparu comme un spectre au bout de mon lit. Il était chauve, grand et mince, et tenait une bible. Un prêtre ! Il s'est approché de moi comme s'il avançait en glissant, sans bouger les jambes. Le cauchemar continuait...

« Parlez sans crainte mon enfant »

Il s'est penché tout près de mon visage.

– Vous êtes Sophie ?

– Oui.

– Ah, je vous ai enfin trouvée ! Le temps presse, mon enfant. Vous allez partir pour un beau voyage, pour retrouver Notre-Seigneur.

– Quoi ?

– Oui, il vous attend, et c'est pour cela qu'il m'a envoyé vous donner l'extrême-onction.

– Quoi ?

– Vous êtes croyante, mon enfant ?

– Quoi ?

– Croyante. Vous croyez en Notre-Seigneur ?

– Heu… je ne sais pas… pas depuis ma communion…

Il est resté un moment interdit, puis il a enchaîné, pas démotivé pour autant :

– C'est le moment de vous confesser, ma fille. N'ayez crainte, parlez librement.

– Mais j'ai rien à dire, j'ai rien fait !

– Oh si… Il y a sûrement des choses…

– Mais non ! Mais j'ai rien à vous dire ! Je veux pas crever, vous entendez, je veux pas crever !!!

– Seul le Seigneur peut décider de cela…

– Eh ben, appelez-le, vous, et dites-lui que je suis pas prête. J'ai vingt-cinq ans, vous comprenez ? Vingt-cinq ans ! J'ai rien fait de ma vie, je veux pas mourir !!!

– Mais mon enfant…

– Allez-vous-en, vous me foutez la trouille ! Je vais vivre, vous entendez ? Vivre ! Dites-lui à l'autre là-haut que je suis pas d'accord, pas d'accord, c'est compris ? Cassez-vous, foutez-moi la paix !

Je me suis surprise à repousser ce prêtre avec un aplomb incroyable, j'ai serré les dents, les poings, bien décidée à me battre pour sauver ma peau, ne pas laisser gagner cet oiseau de malheur, ces idiots de médecins, ce caillot débile, le sort qui s'abattait sur moi. Le prêtre a disparu. Enragée, en larmes, je hurlais, seule dans ce lit de fortune, alors que s'éteignaient autour de moi des gens de tous les âges.

Je ne sais pas combien de temps a duré cet état de quasi-délire, mais c'est ainsi que m'a trouvée Michel. Il avait passé la nuit à l'hôpital, assis dans un coin, avait voulu se trouver plus tôt à mon chevet, mais on lui avait interdit d'entrer dans ce mouroir. Il s'y était faufilé en cachette.

– Eh ben alors, ma petite sirène ! a-t-il lancé, faussement joyeux, car il avait été mis au courant du diagnostic. Tu vas réveiller les morts en criant comme ça ! En tout cas, on m'a parlé d'une mourante, et je te trouve bien en forme pour quelqu'un qui trépasse !

J'ai agrippé sa main, mes larmes se mêlaient à mes cris, j'étais en nage.

– Je veux pas crever, tu m'entends ? Je veux pas crever !

– Calme-toi, ma sirène, respire, respire…

Et il a chassé délicatement une mèche de cheveux de mon front.

– Ça va aller, et puis, je suis là, et je vais tout faire pour qu'on te donne vite une chambre. C'est affreux ici, et tous ces cris…

– Oui, ça pue la mort, et moi, je veux pas crever, je veux pas, je veux pas crever !

– Mais tu vas pas crever, ma sirène. Comment ça se fait que tu sois encore là alors que le médecin ne te donnait même pas une heure à vivre cette nuit, hein ? Si tu avais dû partir, ce serait déjà fait.

– Tu crois ?

– Mais oui, tu es en pleine forme, tu cries, tu t'agites, c'est plutôt bon signe, ça. Tu es incroyable, pas banale, je te l'ai dit, je l'ai su tout de suite quand je t'ai trouvée !

J'ai posé la tête dans le creux de sa main, elle était grande et chaude, ça faisait du bien.

– Quelle heure il est ? ai-je demandé.

– Bientôt dix heures.

– OK, on m'a fait la phlébographie à cinq heures ce matin, et donc ça fait cinq heures que je suis toujours vivante alors que j'aurais dû mourir très vite.

– Oui, le médecin m'a dit que c'était l'affaire d'une heure ou deux.

– Là, je suis en sursis donc.

– Ou alors, ils se sont trompés. Ils ont pas de très bons médecins ici, tu sais.

– J'ai vu... Mais on est où exactement ?

– Au centre hospitalier Gaston-Bourret, à Nouméa. Tu vois, j'ai fini par la trouver, la passe...

– Oui... Est-ce que tu peux aller appeler mes parents, s'il te plaît, pour leur dire que je suis toujours vivante, qu'ils gardent espoir ? Et aussi les gens qui m'ont reçue à Nouméa.

Je lui ai donné le numéro de mes parents, et le nom de la famille de Jean-Philippe. Il est parti en souriant, en me disant qu'à son retour j'aurais une vraie chambre, qu'il ferait tout pour ça. Et j'ai vu sa large silhouette s'éloigner derrière le drap blanc. J'ai pensé que c'était peut-être ma dernière vision d'un être humain, cette silhouette, et je l'ai regardée si intensément qu'il me sembla la voir encore alors qu'elle avait tout à fait disparu.

Je sentais mes yeux se fermer malgré moi, et je luttais pour ne pas m'endormir, de peur de ne pas me réveiller. Je me suis mise à faire carburer mon cerveau à plein tube, pour ne pas sombrer. J'ai pensé à ce prêtre que je venais de chasser. Je me suis dit que j'y étais allée un peu fort... Mais c'était un réflexe de survie ! En revanche, il était peut-être temps pour moi de faire un bilan sur mes rapports avec la religion, c'était le moment ou jamais... Certes, j'avais suivi toute ma scolarité dans des écoles religieuses, au Sacré-Cœur-des-Chartreux chez les sœurs, puis à Saint-Marc chez les Jésuites. J'avais même servi les messes ! Mais avais-je jamais été vraiment croyante ? La religion catholique faisait partie de ma vie depuis toujours, c'était une évidence, et ne pas me poser trop de questions avait eu un côté pratique. Je m'étais laissé faire, en quelque sorte, emportée par le flot des rituels religieux, bercée par les « Notre Père qui êtes aux cieux » et autres « Je vous salue Marie ». Et puis, je ne voulais pas trop dévoiler mes doutes, de peur de ne plus pouvoir me fondre dans la masse, et d'avoir des comptes à rendre. Car j'aurais été bien incapable d'argumenter si on m'avait posé la moindre question. Ainsi, oscillant entre la culpabilité de ne pas croire et la peur de l'avouer, j'avais essayé de ne pas trop y penser. Mais là, je me disais : *Et si ma dernière heure était vraiment venue ? Et si j'avais eu tort de repousser ce prêtre, qui aurait pu sans doute me donner enfin accès aux voies du Seigneur, que j'avais si souvent fait semblant d'emprunter, alors que je n'avais jamais eu le sens de l'orientation ?*

Tout à coup, je m'en suis terriblement voulu. Et j'ai vu apparaître le visage de ma mère, dévastée par le chagrin, elle qui adulait la Sainte Vierge, et qui se baladait en permanence avec des médailles la représentant. Qu'aurait-elle dit si elle m'avait vue chasser ce vieux prêtre, qui devait peut-être en rester à jamais traumatisé ? Ma pauvre petite maman ! Non seulement sa fille unique s'en allait, mais en plus elle partait dans le péché ! Je l'imaginais dans l'abbaye d'Ainay, où elle allait régulièrement prier, à genoux et en larmes devant la statue de la Sainte Vierge, l'implorant de pardonner à sa fille son attitude irrévérencieuse envers ce prêtre qui n'avait eu que de bonnes intentions. C'en était trop ! La culpabilité m'a serré la gorge, et je me suis mise à pleurer sur notre sort.

Jusqu'au moment où j'ai réalisé l'absurdité de la situation : il était évident que maman n'allait jamais avoir vent de l'histoire du prêtre, car même si elle était très copine avec la Sainte Vierge, je doutais fort que celle-ci allât tout lui raconter ! Et quand bien même, elle s'en serait sûrement fichue complètement. Dans la grande tambouille religieuse, maman m'avait toujours laissé arranger à ma sauce le Bon Dieu, Jésus, sa mère et tous les saints !

J'ai cessé de pleurnicher, mais ai tout de même prié cinq minutes, pour demander pardon au Seigneur de ne pas croire en lui. Au cas où...

Il fallait que je me focalise sur autre chose. Mon épitaphe ! Je n'avais jamais songé à mon épitaphe ! Il faut dire que c'est une chose à laquelle on pense assez peu lorsque l'on a vingt-cinq ans et que l'on est en pleine forme.

Ci-gît Sophie, qui mourut comme elle vécut, trop vite.
Au moins je ne m'inquiète plus pour l'avenir.
Dieu, si tu n'existes pas, tu vas m'entendre !
N'oubliez pas d'arroser mes plantes.
Trop tôt pour mourir, trop tard pour vivre.
Finalement, ça n'arrive pas qu'aux autres.
Si vous me cherchez en arrivant, je suis au troisième nuage, porte face gauche.
Je prépare le terrain.
À bientôt !

Je me disais qu'ainsi, mes parents auraient l'embarras du choix.

Et que, donc, je devrais écrire mes idées avant de partir. Je n'avais même pas le moindre papier ni crayon ! D'ailleurs, je me demandais où avaient bien pu passer mes affaires. J'ai regardé tout autour de mon lit. Il n'y avait qu'une misérable petite table de nuit en bois.

Et j'entendais toujours ces épouvantables gémissements.

Un homme a écarté alors le drap qui me séparait du couloir et s'est approché de mon lit : le médecin que j'avais vu dans la nuit. Il n'avait visiblement pas eu le temps de se coiffer ni de se raser, et il semblait encore plus harassé que lors de notre première rencontre. Il était accompagné d'un jeune homme qui portait des documents.

– Ah ! Vous voilà, vous ! Alors, vous n'êtes toujours pas morte ? il m'a dit, sans ironie et réellement étonné.

– Ben non, comme vous voyez !

– Curieux, curieux... Très curieux..., il a répété, en se passant la main dans les cheveux.

Il a pris la radio que tenait le jeune homme, l'a observée, et a fait une moue dubitative.

– Je ne comprends pas. Sur la radio, on voit clairement que la veine cave est bouchée, le caillot est monté, donc, en toute logique, vous auriez dû arrêter de respirer. Le cœur aurait dû s'arrêter... Je ne comprends pas... Le problème, c'est que nous n'avons pas de scanner dans cet hôpital, donc on ne peut pas faire d'examen plus approfondi. Un mystère ! Vous êtes un mystère !

– Oui, on m'a déjà dit ça...

– Bon, écoutez, tant mieux si vous êtes en vie, par je ne sais quel miracle. Mais je ne vous garantis pas que vous soyez à l'abri pour autant. Il faut être prudent. On vous administre de bonnes doses d'anticoagulants, ça va bien fluidifier votre sang, et... on verra. En tout cas, on vous garde ici pour le moment, bien sûr.

– Ici ? Mais pas ici... ici, si ? Parce que là je vais mourir suicidée si vous me laissez ici !

– Non, on va vous trouver une chambre. Ce ne sera pas le grand luxe, mais ce sera toujours mieux. À plus tard, mademoiselle.

– Si Dieu le veut, comme dirait l'autre..., j'ai ironisé.

Mais ils étaient déjà partis.

Mon Gainsbourg préféré

Donc, j'étais une miraculée ! Pas mal, pour une athée ! Je me disais que j'allais peut-être finalement réviser mon point de vue sur le barbu des cieux...

Sauf que le médecin n'avait pas été si enthousiaste. J'étais en sursis, donc pas vraiment sauvée. Il me fallait encore me battre. Mais je ne savais pas comment ? J'avais toujours très envie de dormir, malgré mon angoisse, mais j'étais persuadée que lutter contre le sommeil était une façon de lutter contre la mort. Alors j'ai cherché des moyens de me tenir éveillée.

Je me suis demandé quelle serait la dernière chose que j'aurais vue avant de partir. Je levais les yeux, il y avait un affreux néon au plafond. Ah non ! Je n'allais pas partir sur un vieux néon quand même ! Je méritais mieux ! La petite table en bois ? Non plus. Je me suis mise à observer mes mains. C'était une des parties de mon corps que je préférais. J'aimais bien aussi mes yeux. Surtout le droit. Le gauche était plus petit, et aussi plus myope que l'autre. Mes mains me paraissaient être un honorable dernier souvenir. Longues, fines, noueuses, mais gracieuses, avec des veines tourmentées et très apparentes. Elles étaient en somme le reflet de ce que j'étais : tourmentée et très apparente… Je ne leur avais jamais accordé beaucoup d'importance, et c'était comme si je me rendais compte subitement que j'avais des mains ! J'aurais dû les chérir, les soigner, limer leurs ongles et les peindre, et me glorifier de ces deux petits bijoux. Et aussi apprendre à déchiffrer les lignes qui se trouvaient à l'intérieur ! Ah, je m'en voulais de ne pas être capable de lire les lignes ! Je me suis mise à regarder attentivement les petits sillons qui creusaient ma paume. Une ligne de la main gauche, sans doute la ligne de vie, était coupée en son milieu. Cela voulait peut-être dire que j'avais manqué de mourir, et que j'allais finalement vivre ! Mais oui, c'était évident ! J'allais m'en sortir, c'était gravé là, dans ma main ! Et après la ligne continuait jusqu'au poignet, j'allais vivre jusqu'à cent ans !

J'ai continué à tenter de décrypter ce que mes mains voulaient me dire, interprétant chaque détail comme étant de bon ou de mauvais augure, m'accrochant à n'importe quel signe pour y puiser un peu d'espoir… J'allais vivre ! J'allais voir Syracuse, l'île de Pâques et Kairouan ! Je ne savais pas où tout cela se trouvait, mais j'adorais les chansons d'Henri Salvador. Je me souvenais que, lorsque j'étais enfant, maman me chantait *Une chanson douce* pour m'endormir. Et là, à l'autre bout du monde dans mon petit lit blanc, je pouvais presque l'entendre me la fredonner. Je voyais son tendre visage souriant tout près de moi, ce sourire si rassurant qu'il pouvait me faire croire que, jamais, jamais rien de mauvais ne pourrait m'arriver, que ma vie serait clémente et belle, et lumineuse, et remplie d'amour, que je ne serais jamais seule, ni triste, ni perdue, que je n'aurais jamais mal, ni dans mon corps, ni dans mon âme. Et que tout irait bien… Pour toujours.

J'ai fermé les yeux…

Chapitre quatre

Lorsque Michel vint me chercher, accompagné de deux aides-soignants kanaks, je dormais profondément. Je fus étonnée à mon réveil de constater que je me trouvais toujours parmi les vivants. Nous étions en début d'après-midi, et on m'installa sur un lit à roulettes pour me faire patienter dans un couloir.

Michel me dit qu'il avait parlé avec mes parents, qu'il les avait rassurés. Et il avait également réussi à joindre les parents de Jean-Philippe. Toute la famille allait venir incessamment sous peu.

Je n'avais pas du tout envie de les voir débarquer. Tout ce que je souhaitais, c'était qu'on me trouvât une chambre, et qu'on me fichât la paix. Jc ne désirais voir personne, à part Michel dont le regard bienveillant me réconfortait jusqu'aux tréfonds de mon pauvre cœur. Il m'annonça qu'il s'était occupé de la chambre, qu'on allait bientôt m'en libérer une, et nous attendîmes encore une heure ou deux dans ce couloir glauque. Il essaya de me changer les idées en me racontant sa vie. Né à Cannes, de famille corse, il avait été apprenti mécanicien à quinze ans, puis à vingt et un ans avait eu l'opportunité de partir en Afrique, en Mauritanie et au Sénégal.

Il avait été pilote de course, puis avait intégré l'équipe nationale de rugby de Mauritanie. À vingt-cinq ans, départ pour Nouméa où il se retrouva à la tête d'un garage, et fabricant de voitures de course. Il continuait d'ailleurs à piloter.

Ensuite, il m'expliqua les événements en Nouvelle-Calédonie de 1985. Une presque guerre civile, ethnique, qui avait opposé partisans et opposants à l'indépendance vis-à-vis de la France. Il était alors parti en Corse, dans la propriété familiale, puis était revenu en 1986 pour créer à Nouméa une société de radiocommunication et de sécurité électronique. Et enfin, des magasins de téléphones mobiles. Il s'était marié, avait deux fils, de sept et neuf ans, mais après son divorce son ex-femme était partie avec eux en métropole. Il ne les voyait pas souvent, ça le rendait très triste…

Je l'écoutais sans rien dire, trop épuisée pour parler. Sa voix me berçait, je somnolais un peu. Et puis on vint enfin me chercher, et on poussa mon lit tout au fond d'un nouveau couloir, au dernier étage de l'hôpital, où m'attendait une minuscule chambre très vétuste. Des murs jaunâtres à la peinture écaillée, un sol en vieux lino, un fauteuil en faux cuir avachi, une table de chevet en bois qui penchait d'un côté. Il y avait heureusement une grande fenêtre, et le soleil entrait sans ménagement. On me porta dans mon nouveau lit. Je n'avais en aucun cas le droit de me lever, pas même pour aller aux toilettes, et je devais désormais faire mes besoins dans un bassin. L'homme kanak qui m'avait installée me demanda si je voulais faire baisser le store. Je répondis que non. Le soleil me dévorait le visage, et jamais cela ne m'avait paru aussi providentiel. Quelques heures auparavant, je n'aurais jamais cru pouvoir le sentir de nouveau sur ma peau, je me croyais perdue à tout jamais dans les ténèbres, dans le froid, et voilà que cette lumière me ramenait à la vie. J'aurais voulu l'aspirer, l'ingérer par tous mes pores, je savais que je n'en serais jamais rassasiée. Michel me regarda sourire, et je crois qu'en cet instant il se sentait heureux. Alors, enfin apaisé, il se laissa tomber dans le fauteuil et s'endormit.

Jean-Philippe et ses parents n'ont pas tardé à arriver. Michel a dû interrompre sa sieste, il les a salués et leur a laissé la place. Ils se sont postés tous trois autour du lit, sans bouger. Aucun d'eux ne parlait. Ils me regardaient avec pitié et condescendance. Je ne savais pas quoi dire non plus. La situation devenait gênante alors j'ai lancé :

– Je suis pas morte !

Cette phrase a fini de plomber l'ambiance. La mère a demandé :

– Combien de temps vas-tu rester à l'hôpital ?

– Je ne sais pas. On ne sait même pas si je vais survivre.

– Allons, allons, a dit le père, faussement rassurant, il ne faut pas dire des choses comme ça, ça va aller, ça va aller !

– Oui... bien sûr...

– Bon, claironna la mère, soudain enjouée car elle avait trouvé quelque chose à dire, on t'a rapporté tes affaires, parce que tu sais que nous quittons Nouméa après-demain.

– Non, je ne savais pas.

– Ce sont nos grandes vacances, nous partons pour plusieurs semaines en Australie retrouver des amis.

– Ah, très bien.

– Et notre Jean-Phi repart demain à Paris. Sans toi, du coup... Est-ce que tu veux que l'on s'occupe de ton billet ? Il est échangeable, je crois.

– Oui, merci, c'est gentil. Il vaut mieux voir ça avec le monsieur qui était là tout à l'heure, parce que je veux bien échanger le billet, mais je ne sais pas pour quelle date… J'ai l'impression que je ne suis pas près de rentrer…

– Mais non, ça va vite s'arranger… Bon, on va te laisser un peu seule avec Jean-Phi. On va l'attendre en bas. Bon courage, Sophie.

– Et bon rétablissement, a ajouté le père, déjà presque parti et soulagé que cette visite ait pris fin.

Jean-Philippe restait prostré devant mon lit. Il avait sa tête de chien battu avec les yeux qui tombaient, et semblait très nerveux. Il se triturait les doigts, et son regard cherchait où se poser. Il a fini par dire :

– Ça me fait tellement de peine de te voir comme ça, là.

Je lui ai fait signe d'approcher, je lui ai pris une main, elle tremblait.

– Ne t'en fais pas, j'ai dit en souriant, je vais m'en sortir. J'aurais dû y passer cette nuit, et si je ne suis pas morte, il y a une raison. Ou c'est un miracle, et dans ce cas, je veux bien me mettre à croire définitivement en Dieu, ou il y a une autre explication plus scientifique que je ne connais pas encore… Mais je vais m'en sortir, c'est sûr. Tu peux partir tranquille, ne t'inquiète pas. Et puis, je t'écrirai. Tu sais que j'adore écrire.

– Mais tu vas me manquer, il a pleurniché, beaucoup me manquer. Si tu dois mourir, je veux que tu saches que je t'aimerai toute ma vie. Je t'aaaaaime ! Je t'aaaaime !

Et c'était reparti ! Il ne me manquait plus que ça ! Il a hurlé de plus belle :

– Je t'aaaaime !!!

Il suait à grosses gouttes, et commençait à s'agiter bizarrement. Son corps était pris de secousses, il clignait sans cesse des yeux, et j'ai craint qu'il ne fût en proie à une nouvelle crise. Je tentai de l'apaiser avec des paroles bienveillantes, mais il ne semblait pas m'entendre. Dans une ultime contorsion, il eut un éclair de lucidité et dit :

– Il vaut mieux que je m'en aille. Bonne chance !

Il disparut.

Et il ne se manifesta plus jamais…

Je fus soulagée d'être enfin tranquille, et je m'abandonnai à un sommeil salvateur, la tête au soleil, et une terrible envie de vivre vrillée au corps.

Lorsque je me suis réveillée, le soleil se couchait. Je pouvais distinguer par la fenêtre le haut d'un palmier qui se balançait doucement, sur un ciel rouge, orange et jaune des plus merveilleux. Je possédais mon petit bout de carte postale à moi, mon bout de paradis inaccessible, une image qui me rappelait combien ce pays était magnifique, et à quel point je n'avais pas eu la chance de vraiment en profiter. Et j'en arrivais donc à cette déplorable conclusion : ces vacances avaient été un désastre !

Heureusement, alors que j'allais sombrer dans la déprime, Magnum, une fois de plus, arriva pour me sauver ! Il débarqua dans la chambre et pulvérisa ma mélancolie à grands coups d'éclats de rire. Il m'apportait des victuailles, et je réalisai que je n'avais pas mangé depuis des lustres. On ne m'avait rien donné, à part de l'eau, et aucune personne soignante n'était passée prendre de mes nouvelles. Peut-être m'avait-on carrément oubliée ? Et si Michel ne venait plus me voir, peut-être que j'allais mourir de faim, seule et déshydratée, au bout de ce couloir ? J'avais bien appuyé à plusieurs reprises sur le petit bouton près de mon lit pour tenter d'appeler quelqu'un, mais personne n'était venu. Tout cela me paraissait assez étrange...

Michel commença à couper des tranches de saucisson qu'il disposa sur une assiette, avec des rillettes et du jambon, et il ouvrit une bouteille de rouge. Je me mis à rire en le voyant si bon vivant, au chevet d'une quasi-mourante, et il précisa qu'il était désolé, mais que le vin, qu'il avait bien mérité après toutes ces émotions, serait pour lui tout seul, car il ne savait pas si j'avais le droit d'en boire, et qu'il ne fallait prendre aucun risque.

Je goûtai un peu de nourriture du bout des lèvres, mais je n'avais pas très faim. Il me donna un petit bout de fromage, que je tentai de suçoter sans trop de conviction.

Je me demandai quand même pourquoi cet homme m'était si dévoué, et je lui posai franchement la question.

– Mais, répondit-il comme si c'était une évidence, voyons, ma sirène, je t'ai sauvé la vie, ce n'est pas pour t'abandonner alors que tu as encore besoin de moi. Je suis responsable de toi maintenant. Je veillerai sur toi jusqu'à ce que tu rentres en métropole, je m'y engage solennellement !

Il mit la main sur son cœur puis se resservit un verre de rouge qu'il leva pour trinquer fictivement avec moi.

– À la tienne, ma sirène !

Je n'en revenais pas d'avoir eu la chance de croiser la route d'un tel gentleman, un héros de série télé !

– On t'a déjà dit que tu ressemblais à Magnum ? lui demandai-je.

– Bien sûr. C'est pour ça que j'ai tellement de succès auprès des femmes, lança-t-il, l'œil soudain goguenard.

Magnum, le héros

Je l'observai manger et boire avec délectation, et la vision d'une telle joie de vivre me fit un bien fou. Il avait aussi apporté deux éclairs au chocolat, et je me mis finalement j'en ingurgitais un avec frénésie.

Ensuite, je lui demandai s'il aurait la gentillesse de me trouver un téléphone, pour que j'appelle mes parents.

– Oh là là, ma sirène, c'est la quête du Graal, ça !

– Mais tu es Magnum, ça ne devrait pas être si compliqué pour toi !

– Heu… oui… en effet. Bon, je vais te trouver ça !

Il se dirigea vers la porte, se retourna, et me dit en faisant un clin d'œil :

– Tu bouges pas, hein !

Et il disparut.

C'est à ce moment-là que j'en vis un pour la première fois. Il était énorme, tout marron, avec plein de pattes et de longues antennes. Il crapahutait sur le mur près de la porte et se dirigeait vers le plafond. Je levai les yeux. Et ce que je découvris m'épouvanta. Ils étaient plusieurs ! Nombreux, même ! Toute une colonie de cafards géants qui avaient élu cette chambre pour domicile, et qui allaient sûrement d'un instant à l'autre s'allier contre moi, chasser l'intruse. D'ailleurs, j'eus l'impression que tous leurs regards étaient axés sur mon lit, et qu'ils murmuraient entre eux pour échafauder un plan d'attaque.

Je me mis à crier. Mais évidemment, personne ne vint. Paniquée, je me dis que je n'allais plus jamais réussir à fermer l'œil, car, à tout moment, une de ces affreuses bêtes pouvait me tomber sur le nez, ou se faufiler sous mes draps. De plus, j'avais vraiment la phobie des insectes. La seule vision d'une patte velue, même en photo, suffisait à me mettre en transe, et la perspective de partager ma chambre avec cette armée abjecte me donna envie de vomir. Mon cœur se mit à battre très vite, ce qui était au moins la preuve qu'il fonctionnait encore, et je restai tétanisée jusqu'au retour de Michel, les yeux rivés au plafond.

Michel fit une entrée victorieuse et tonitruante, en brandissant fièrement un téléphone à cadran.

– Tadaaaaam ! cria-t-il, franchement heureux.

– Bravo ! Tu es vraiment Magnum alors ?

– Tu en doutes encore ?

– Absolument pas ! Où as-tu trouvé ça ?

– Au bureau des infirmiers, à l'étage en dessous.

– Ah, il y a donc des infirmiers dans cet hôpital ? Il y a peut-être aussi des docteurs, alors...

– Peut être... Les infirmiers n'ont pas été très faciles à convaincre. J'ai dû les apitoyer avec ton histoire, tes parents, tout ça. Ils en avaient presque les larmes aux yeux. Magnum est un bon comédien !

– Absolument.

– En attendant, il faut se grouiller, je leur ai promis que je leur rapporterais dans dix minutes. Bon, où on le branche, ce truc ?

Il se mit à chercher une prise dans la chambre et se retrouva à quatre pattes sous ma table de chevet.

– Ça doit être là normalement… Ah merde, il n'y a pas de prise !

– Décidément, tout le confort de cette chambre… Et tu as vu qu'on avait aussi de la visite ? Regarde au plafond !

Il regarda et ne parut pas s'inquiéter de ce qu'il découvrit.

– Ah, ça, dit-il, c'est rien, ce sont des *Periplaneta*, les cafards d'ici, c'est un peu gros, mais inoffensif.

– Un peu gros ? Mais c'est énorme ! Et tu as vu leurs petits yeux cruels ? Inoffensif, ça m'étonnerait.

– Ah, ah, c'est la grosse bête qui a peur de la petite !

– DES petites ! Ils sont plusieurs, et l'union fait la force.

– Mais tu ne crains rien, ma sirène, tu as survécu à l'embolie, tu vas survivre aux cafards ! Bon, en attendant, comment on fait pour le téléphone ?

– Il faut trouver un endroit avec une prise, mais comme je ne peux pas me déplacer, il faut me dégoter un lit à roulettes.

– Oh, ma sirène, ça devient compliqué là…

– Mais je dois parler à mes parents, absolument ! Tu imagines que cette nuit je leur ai dit adieu !

– Je sais, je sais, mais je leur ai parlé depuis, ils sont rassurés.

– Non, ils ne seront pas rassurés tant qu'ils ne m'auront pas entendue. Trouvons un lit à roulettes !

Et Michel repartit pour sa nouvelle quête. Je me rendais bien compte que j'abusais de la gentillesse de ce brave homme, mais je ne pouvais pas faire autrement. Il était la seule personne à pouvoir m'aider, et j'avais vraiment besoin d'aide. Le plus fou, c'est qu'il revint peu de temps après avec le fameux lit.

– Tu as trouvé ! m'extasiai-je.

– Oui, au bout du couloir. Il n'y a vraiment personne dans ce service, les couloirs sont déserts.

– Mais... il y a d'autres patients dans les chambres ?

– Je n'en sais rien, on n'entend pas un bruit, j'irai voir ça demain. En attendant, il faut faire vite. Je vais te descendre au bureau des infirmiers, comme ça, on trouvera une prise, on leur rendra le téléphone, et on leur montrera que tu existes, ça peut t'être utile pour la suite...

Michel me souleva de mon lit et me posa dans l'autre. Il prit soin de ne pas me faire mal avec ma perfusion d'anticoagulants. Et nous partîmes en vadrouille. On ne croisa personne, et il était stupéfiant de voir à quel point on pouvait faire n'importe quoi dans cet hôpital sans en être nullement inquiétés. Arrivés dans le bureau, nous rencontrâmes enfin un être humain. Il s'agissait d'une jeune femme kanake, qui fut très surprise de nous voir débarquer.

– C'est la jeune fille dont je vous ai parlé, lui annonça Michel. Il n'y a pas de prise dans sa chambre, alors on a pensé qu'elle pouvait appeler d'ici.

– Oh là là, mais vous n'avez pas le droit de venir ici avec un patient, s'insurgea l'infirmière soudain paniquée. Non, non, non, et où vous avez trouvé ce lit, d'abord ? Non, non, non, elle doit retourner dans sa chambre !

– Écoutez, mademoiselle, insistai-je, laissez-moi téléphoner deux minutes à mes parents qui sont en France, ça ne sera pas long, c'est juste pour les rassurer, ils croient que je vais mourir, je voudrais leur dire que je suis toujours vivante, que je me sens bien, vous comprenez ? S'il vous plaît !

Devant mes supplications, elle céda.

– Bon, mais alors deux minutes, hein ? Dépêchez-vous avant que les autres n'arrivent.

Je faillis demander « Ah, il y a d'autres gens que vous dans cet hôpital ? », mais je n'avais pas le temps de plaisanter. On brancha le téléphone, il devait être dix-neuf heures à Nouméa, donc sept heures du matin à Lyon. La première sonnerie avait à peine retenti que déjà maman décrocha, comme si elle avait dormi la tête contre le téléphone, ou, plus vraisemblablement, pas dormi du tout. Sa voix étranglée dit :

– Allô !

– Allô, maman, c'est moi !

– Ma minette, ma minette ! Max, viens vite ! C'est Sophie ! Comment tu vas ? Où es-tu ?

– Ne t'inquiète pas, maman, je vais bien, beaucoup mieux, c'était une fausse alerte, je vais m'en tirer, je suis toujours à l'hôpital, tout va bien.

– Mais tu es toute seule, qui s'occupe de toi ?

– Ne t'inquiète pas, il y a Michel, le monsieur à qui tu as parlé hier, et le personnel soignant, qui est… (j'eus un moment d'hésitation) très gentil. Oui, ils sont tous très, très gentils.

Je lançai un regard à la jeune infirmière, qui, se sentant tout à coup concernée, me fit en retour un petit sourire.

– Je ne peux pas rester trop longtemps au téléphone, je n'en ai pas dans ma chambre, je suis dans un bureau, mais vous aurez des nouvelles par Michel, et je vous rappellerai.

– Mais je peux parler avec un médecin ?

– Un médecin… heu… pas tout de suite… mais on va te rappeler.

– Mais qu'est-ce qu'ils disent, les médecins ?

– Les médecins, ils disent que… Ben, ils sont contents, les médecins, hein, très contents, ils disent que j'ai échappé au pire, voilà voilà.

– Et comment elle est la chambre, tu es bien ?

– Oh, là, tout le confort ! C'est pas un hôtel, mais presque, c'est très joli, j'ai la vue sur un palmier.

La jeune infirmière a commencé à s'agiter, elle m'a fait signe que le temps pressait en tapotant sur sa montre.

– Bon, je vous laisse, mes petits parents, ne vous inquiétez pas, je vais rentrer, je vous aime.

– Mais quand ?

– Ah, quand… Ça, c'est la grande question… Bon, je dois y aller là, je vous embrasse fort, je vous aime !

Et j'ai raccroché, carrément épuisée par cette discussion.

Après avoir remercié la jeune femme, Michel lui a glissé que ce serait bien qu'on s'occupe un peu de moi, que je voie un médecin, ou un infirmier, et qu'on ne me laisse pas mourir de faim. Elle a paru étonnée, et notre étrange cortège a regagné le chemin de ma chambre.

Une fois dans mon lit, je me suis endormie très vite, malgré les cafards, la douleur de la perfusion, et toutes les angoisses accumulées lors de cette si longue journée. J'ai entendu dans un semi-coma la voix de Michel qui me disait « À demain, ma sirène », et je me suis mise à rêver d'une eau turquoise et profonde, dans laquelle s'enfonçait doucement mon petit corps meurtri.

Chapitre cinq

Je fus réveillée par la visite, au matin, de mon Gainsbourg favori. Encore hirsute et pas rasé, la blouse ouverte sur la molle chemise à carreaux et le vieux jeans de la veille, il n'avait pas non plus changé d'attitude, et donc se montra toujours aussi peu chaleureux.

– Alors, comment va notre mourante ? tenta-t-il de plaisanter sans sourire, ce qui ne fit pas l'effet d'une plaisanterie.

– Heu... bien, je me réveille.

– Réveillée, donc vivante ! essaya-t-il encore.

Mais je restai impassible.

– Bon, trêve de plaisanterie, dit-il, finalement un peu gêné. Vous saviez que vous aviez une mutation du facteur cinq Leiden ?

– Une mutation du quoi ?

– Du facteur cinq Leiden, une mutation du gène de la prothrombine. C'est-à-dire quand on a le sang trop épais, le contraire d'hémophile, si vous voulez.

– Ah bon ? Non, je ne savais pas.

– En tout cas, c'est ce qu'a révélé votre analyse de sang.

– Mais c'est quoi, c'est une maladie ?

– Non, c'est génétique, probablement héréditaire. Vous avez donc un risque accru de thromboembolie veineuse. Est-ce que vous prenez la pilule ?

– Oui… Ça me fait penser d'ailleurs que je ne l'ai pas prise hier soir. Enfin, en ce moment, je ne crains pas grand-chose.

– C'est une pilule microdosée ?

– Non, je ne crois pas, non…

– Vous fumez ?

– Un peu…

– Je pense que le fait que vous ayez ce problème génétique, plus le fait de prendre la pilule, et peut-être même d'avoir voyagé longuement en avion, ont pu provoquer une phlébite, c'est-à-dire un caillot dans la veine iliaque, qui est ensuite monté au poumon et a provoqué une embolie. Jusque-là, ça peut s'expliquer. Mais après… J'ai encore étudié votre dossier avec des collègues. On ne comprend pas. Tout porte à croire que le caillot serait resté bloqué dans la veine cave supérieure, ce qui devrait normalement empêcher le sang d'aller jusqu'au cœur. Donc le cœur devrait cesser de battre. Mais non. Visiblement, il bat. On ne comprend pas. Tout ce qu'on peut faire pour le moment, c'est de continuer à vous administrer des anticoagulants. J'ai bien pensé à vous faire transférer dans un hôpital de Sydney, pour qu'ils fassent un scanner, mais je pense que, pour le moment, ce serait trop dangereux, avec la pression dans l'avion, on ne sait jamais. Le caillot peut encore monter, alors qu'en restant ici, avec les anticoagulants, il va peut-être se dissoudre.

– Mais combien de temps je vais devoir rester ?

– Ah, ça, on ne sait pas. Il faut voir comment ça évolue… Si seulement on avait un scanner ! On est mal équipés dans cet hôpital, vraiment très mal ! Et puis, on manque de personnel aussi.

– Surtout à cet étage…

– Bon, je vous laisse, je repasserai vous voir, et on refait une phlébo dans quelques jours.

– Heu… Docteur… Ce serait bien que vous disiez à des gens que je suis là. Parce qu'on ne m'a encore jamais apporté à manger, et je n'ai vu aucun infirmier ni personnel soignant.

– Ah oui, ça ne m'étonne pas, ici, c'est une aile de l'hôpital plus ou moins désaffectée, il y a quelques chambres, et on y met des patients quand il n'y a vraiment plus de place ailleurs. Parce que ça aurait bien besoin d'un petit rafraîchissement… Enfin, vous avez vu, hein, c'est ça ou le mouroir en bas.

– Oui, oui, je préfère ça, la chambre, ça va aller, mais, s'il vous plaît, prévenez quand même que je suis là…

– Pas de problème, je m'en occupe.

– Parce que j'appuie souvent sur cette petite sonnette-là, mais personne ne vient.

– C'est normal, elle est cassée. Je m'en occupe. Bon courage, mademoiselle !

Une demi-heure plus tard, un petit homme kanak d'une quarantaine d'années poussa la porte de ma chambre avec un plateau. Il était tout à fait jovial et se présenta immédiatement.

– Bonjour, mademoiselle. Je suis Aliki. Ça veut dire « le roi », ou « le descendant du roi », ou « le Seigneur » !

– Ah, enchantée, monseigneur. Moi, c'est Sophie, ça veut dire « sagesse ». Enfin, normalement, parce que moi…

– Comment ça va ce matin, mademoiselle Sagesse ?

– Ça pourrait être pire…

– Ça va aller encore mieux après ce bon petit déjeuner !

Et il posa le plateau sur la table à roulettes qui se trouvait près de mon lit.

Je me retrouvai face à deux biscottes emballées dans du plastique, une minuscule motte de beurre à demi fondue et l'équivalent d'une cuillère à café d'un ersatz de confiture de fraises.

– Thé ou café ? claironna Aliki, toujours très joyeux.

– Heu… Tentons le café…

Il versa un jus vaguement marron dans un bol qu'il posa sur le plateau.

– Voilà, dit-il, avec la satisfaction du devoir accompli. Bon appétit, mademoiselle Sagesse.

Et il sortit avec autant de vivacité qu'il était entré, laissant derrière lui un sillon de bonne humeur et de joie de vivre.

Monseigneur Aliki

J'avais du mal à avaler quoi que ce soit qui fut proposé sur ce plateau. Les biscottes me donnaient l'impression de manger du carton, le beurre était rance, et la confiture sans aucun goût. Quant à ce que j'ai ressenti en buvant le liquide qui faisait office de café, je refuse d'en parler, pour ne pas avoir à me souvenir de cette pénible expérience. J'ai repoussé la table à roulettes le plus loin possible du lit, pour tenir toutes ces choses dégoûtantes hors de ma vue. Rien qu'à les regarder, j'aurais pu de surcroît attraper une gastro-entérite.

Bref, une heure plus tard, j'étais affamée. Et je n'avais strictement rien à faire, pas de bouquin ni de radio, ni de télé, pas même un papier ni un crayon pour écrire ou dessiner. Je commençais donc à m'angoisser et à m'apitoyer sur mon sort, en me disant que je n'étais sans doute pas sortie d'affaire, et qu'on avait dû crier victoire trop vite. J'avais un caillot tout près de mon cœur, qui pouvait grimper à tout moment, quand ça lui chantait, et ma vie ne tenait finalement qu'à son bon vouloir. S'il lui prenait subitement l'envie de se faire une petite ascension par la face nord, hop, plus de Mlle Sagesse !

Je voulais chasser ces idées morbides de mon cerveau, mais il était ce qui fonctionnait encore le mieux chez moi, et il carburait à fond ! Pour changer d'angoisse, je me mis à penser à Nicolas, ce qui se révéla être pire. Il fallait que je trouve autre chose. Un souvenir !

J'avais quinze ans, et j'étais invitée à ma première boum. Ça se passait dans l'appartement cossu des parents d'une copine, à la Croix-Rousse, à Lyon. À cette époque, j'étais un vrai garçon manqué. Enfin, plutôt une fille pas très réussie. Très maigre, les dents en avant (j'avais cassé plusieurs appareils dentaires), des lunettes rondes et pas du tout de seins.

J'avais mis des jours à choisir une tenue dans ma garde-robe, qui se trouvait être en fait une garde-pantalon. Rien à me mettre ! Maman m'avait emmenée dans les magasins à la mode pour acheter quelque chose qui pourrait m'avantager un peu, ce qui n'était pas une mince affaire... Après maints essayages et découragements, nous avions finalement opté pour une petite robe bleue au décolleté accueillant, mais mes seins (mes non-seins, en fait) ne le remplissaient pas. Maman avait proposé de faire une retouche (elle était très bonne couturière), mais je lui avais suggéré de m'acheter un soutien-gorge (mon premier) et de le rembourrer avec du coton.

Ainsi, je m'étais retrouvée à cette soirée empaquetée dans ma robe sans savoir vraiment comment me mouvoir, embarrassée par ce décolleté pigeonnant qui n'avait pas manqué de surprendre mes copines. Il y avait aussi quelques garçons boutonneux aux dents cerclées de métal, qui pouffaient entre eux en nous regardant du coin de l'œil.

Et puis, on avait commencé à se tortiller un peu sur Abba et Claude François, et à sautiller sur Elvis, ce qui avait donné l'envie à un grand blond de m'inviter à danser. Je n'avais jamais appris à danser le rock, mais j'étais dotée d'un bon sens du rythme, et je gesticulais du mieux que je pouvais en suivant les mouvements de mon cavalier. Si bien que nous avons enchaîné sur *Rock Around the Clock*, et que je commençais à m'amuser follement.

Le drame était arrivé à ce moment-là.

À force de sauter dans tous les sens, les cotons s'étaient échappés de mon soutien-gorge ! Il y en avait déjà un au sol, et deux autres qui étaient carrément sortis de ma poitrine, impatients eux aussi d'être libérés. J'avais bien tenté de les remettre à leur place, avec la main libre qui n'était pas en train d'attraper celle du garçon, mais c'était impossible, et mon opération infructueuse avait attiré son attention. Il avait alors éclaté de rire, et nous avions cessé de danser. Lorsque les autres convives s'étaient rendu compte à leur tour de ce qui m'arrivait le salon était devenu un concert de rires moqueurs. J'avais ramassé mes cotons et filé en courant à la salle de bains. J'y étais d'ailleurs restée jusqu'à la fin de la fête...

Curieusement, je me mis à ressentir de nouveau cette sensation de honte, de colère, elle était désormais inscrite dans mon corps à tout jamais, et me remémorer ce souvenir la rendait encore tout à fait vivace, et extrêmement désagréable. Et je comprenais soudain pourquoi c'était justement ce souvenir-là qui avait refait surface : j'étais coincée dans cet hôpital, punie en quelque sorte, comme si je n'avais pas pu assister à une fête à laquelle je rêvais d'aller. Exclue. Et ce sentiment d'impuissance, d'empêchement, d'injustice, me mettait très en colère. Je fulminais !

Alors j'ai finalement décidé de compter les cafards. Après tout, c'était une occupation qui, espérais-je, me calmerait tout en me familiarisant avec ces bestioles. Lesquelles, je devais le reconnaître, m'avaient fichu une paix royale pendant la nuit. À moins qu'elles ne fussent venues dans mon lit me rendre visite durant mon sommeil, qui était si profond que je ne m'étais rendu compte de rien. À cette pensée, je ressentis un frisson qui me parcourut tout le corps. Il me fallait me débarrasser de cette foutue phobie des insectes, sinon, mon séjour dans ce lieu, qui n'était déjà pas idyllique, allait carrément devenir insupportable ! D'autant plus que je soupçonnais d'autres bêtes de vivre à mes côtés. Des araignées, des scolopendres, des scorpions peut-être... Tout cela grouillait sans doute sous mon lit ! Je me faisais peur toute seule, jusqu'à ce que Michel fasse irruption dans la chambre.

– Coucou ! dit-il, en passant la tête dans l'entrebâillement de la porte.

Il entra, les bras chargés de sacs.

– Alors, comment va ma sirène ce matin ?

– Mieux, merci, bien mieux.

– Tu as réussi à dormir ?

– Parfaitement. On ne peut pas dire que j'ai été dérangée par le va-et-vient des soignants... Mais qu'est-ce que c'est que tout ça ?

– Ça, c'est pour que ma sirène s'alimente normalement, et qu'elle occupe son petit cerveau à autre chose qu'à s'angoisser sur son sort ou compter les cafards !

– Mais... Comment sais-tu que...

– Oh, je ne te connais pas depuis longtemps, mais je te devine... Bon, ça te dit un bon croissant ? Il y a une excellente boulangerie en bas de chez moi. J'ai aussi acheté une brioche, une quiche, et ce petit éclair au chocolat, j'ai vu que tu avais l'air de les aimer hier !

Et il me lança un adorable sourire complice.

– Non, mais Michel, c'est tellement gentil, mais je ne sais pas quoi faire pour te remercier.

– Mange bien, c'est comme ça que tu vas me remercier. Je t'ai aussi apporté de la lecture, je savais pas ce que tu aimais alors j'ai pris des trucs au hasard dans ma bibliothèque. Proust, Balzac, ah, *Le Grand Meaulnes*, un petit Boris Vian, *L'Écume des jours*, parce que l'héroïne me fait penser à toi, avec son nénuphar dans le poumon... Enfin, si tu veux des trucs plus marrants, je peux t'en trouver aussi.

Et il déposa tous les livres sur le lit.

– Tiens, je te donne aussi ce carnet et ce stylo pour écrire, tu m'as dit que tu aimais bien ça. Et évidemment, y a même pas de télé dans cette chambre ! Je sais pas combien de temps tu vas rester ici, mais si tu prolonges un peu le séjour, je vais t'en ramener une. J'en ai une vieille dans le garage. Y a pas de télécommande, mais ça, ça peut s'arranger, j'ai une petite idée. Bon, je te laisse, je dois filer, je passais juste en coup de vent entre deux rendez-vous. Eh oui, hier, c'était dimanche, j'ai pu rester avec toi toute la journée, mais aujourd'hui faut que je bosse. Mais t'inquiète, ce soir, une petite douche, et hop, j'arrive tout frais avec un dîner.

– Mais Michel…

– Allez, je file, amuse-toi bien, ma sirène !

Et il s'éclipsa. Mon lit était couvert de nourriture et de livres, et je me demandai ce que j'avais bien pu faire pour mériter un tel ange gardien. En tout cas, ce n'était sûrement pas Dieu qui me l'avait envoyé, vu la façon dont j'avais traité un de ses sbires la veille…

J'ai mordu dans le croissant et j'ai ressenti subitement un plaisir infini, comme si c'était la première fois que j'en mangeais un. Il a fondu dans ma bouche sans que j'aie besoin de trop le mâcher, il était tendre et plein de beurre, c'était incroyablement bon, et son goût divin envahit soudain tout mon être. Je me suis dit alors que plus jamais je ne verrais les croissants, qui faisaient pourtant partie de ma vie depuis toujours, de la même façon. Je me délectais de chaque bouchée, doucement, tranquillement. Le temps ne comptait plus, ni l'endroit où je me trouvais, ni ce qui m'affectait, plus rien n'avait d'importance, à part ce croissant. C'est fou comme un rien peut vous apparaître merveilleux quand on a failli mourir. C'était donc cela, ce fameux moment présent dont parlaient les sages… Je portais finalement bien mon nouveau nom de Mlle Sagesse, car toute la sagesse du monde m'apparaissait soudain grâce à ce croissant, et j'espérais pouvoir me souvenir de cette leçon le plus longtemps possible, pour que désormais ma vie, aussi courte ou longue fût-elle, ne soit plus que délectation de plaisirs simples. Les yeux fermés, le visage baigné du soleil qui était enfin parvenu jusqu'à ma chambre, la bouche pleine de ce délice, j'étais bien.

Mon extase fut de courte durée. Deux femmes kanakes, sympathiques, mais un peu trop dynamiques, pénétrèrent dans la chambre pour me faire ma toilette. On débarrassa vite fait mon lit de tous mes nouveaux trésors, et en deux secondes je me suis retrouvée avec un gant de toilette rêche qui me frottait activement le visage, et un autre les pieds. Je commençais à regretter d'avoir demandé au médecin qu'on vienne s'occuper de moi. J'aurais finalement très bien pu vivre dans cette aile d'hôpital en parfaite autarcie, sans que personne s'en rendît compte, avec la nourriture que m'apportait Michel, les livres et mes nouveaux amis les cafards. Si c'était pour me proposer des petits déjeuners immondes et me martyriser de cette façon tous les jours, ça ne valait vraiment pas la peine de me rendre visite !

Lorsque les deux ouragans quittèrent enfin ma chambre, je pus m'attaquer sérieusement à l'éclair au chocolat. Même sensation qu'avec le croissant. Je me suis dit que, si je devais ressentir de telles joies à chaque fois que je faisais quelque chose d'apparemment banal et quotidien, ça valait vraiment le coup d'avoir frôlé la mort ! Et j'ai croqué dans la brioche.

J'eus à peine le temps de la finir qu'une petite femme kanake, très ronde et joviale, d'une cinquantaine d'années, entra dans la chambre avec une blouse blanche. Enfin une infirmière ! Elle s'appelait Vanolee, et je lui ai dit que j'aimais beaucoup son prénom. Je lui ai demandé s'il avait une signification, parce que moi, je m'appelais Sophie, qui voulait dire « sagesse », et que j'avais déjà eu la visite d'Aliki, qui voulait dire « Seigneur ». Elle eut l'air étonné, puis avoua, un peu gênée, que le sien voulait dire « adorée ». Nous avons ri ensemble. Puis elle s'excusa de ne pas être venue plus tôt, mais elle n'était apparemment pas au courant de ma présence. Ce qui ne m'étonna nullement.

Elle prit ma tension, ma température, changea la perfusion. Puis me dit que tout allait bien. Elle me fit aussi une prise de sang pour mesurer mon INR, taux de coagulation, et elle enleva le bandage pour observer ma jambe droite. Celle-ci était encore assez gonflée et dure, mais moins qu'au moment de la phlébite. En tout cas, elle ne me faisait presque plus souffrir. J'étais enfin rassurée d'avoir cette femme à mes côtés. Elle m'apaisait, et je sentais qu'elle veillerait bien sur moi.

– Comment je fais pour appeler si je n'ai pas de sonnette près de mon lit ? lui demandai-je.

– Ah, répondit-elle, soudain agacée, ils ne l'ont toujours pas réparée ! C'est un scandale ! On ne devrait pas mettre des patients à cet étage !

– Mais j'y suis bien, moi…

– Oui, vous y êtes, mais ce n'est pas normal. On va vous faire redescendre. Je m'en occuperai. Le problème, c'est qu'on n'a pas assez de lits. Mais dès qu'une chambre se libère, je me débrouille pour vous faire mettre dedans.

– Bon, mais ça ne résout pas le problème de la sonnette. Qu'est-ce qui se passe s'il y a une urgence, que j'étouffe d'un coup à cause du caillot, ou que je meure terrassée par une armée de cafards ?

Elle se mit à rire.

– Ah, ah, oui, vous les avez repérés, hein !

– Il faudrait être aveugle !

– Mais ça aussi, c'est un gros problème ! Et s'il y avait que ça comme bestioles ! Mais il y a aussi…

– Surtout ne me dites pas !!!

– D'accord, d'accord, enfin bon, c'est vrai qu'ils devraient aussi faire quelque chose pour ça…

– Et pour la sonnette, donc ? Ils sont où les infirmiers si on a besoin d'eux ?

– Ben… Ils sont pas à cet étage normalement… Mais on vient de mettre deux autres personnes dans des chambres à l'autre bout du couloir, il va peut-être y avoir des infirmiers dans le petit bureau de l'étage maintenant.

– Peut-être ? Mais quand ?

– Ah ça, je sais pas ! C'est pas moi qui décide. Mais ça me fait de la peine de vous savoir toute seule ici ! Je vais me renseigner, on va faire quelque chose, laissez-moi un peu de temps.

– Je n'en ai peut-être plus beaucoup…

– Allons, allons, il faut pas dire ça, vous allez très bien, bon pouls, bonne tension, pas de température. Il faut pas vous en faire, ça va aller, et puis je suis là maintenant, allez, je repasserai tout à l'heure.

Et elle partit, en m'offrant un beau sourire.

Aliki revint vers midi. Il était toujours aussi enjoué, et nous fîmes un peu mieux connaissance, tandis qu'il me servait avec conviction une soupe insipide et un steak mou accompagné de quelques haricots verts malingres et filandreux. Et pour couronner le tout, un flan à l'œil torve qui se trémoussait dans une petite assiette. Je le remerciai néanmoins chaleureusement, sachant pertinemment qu'il n'était pour rien dans ce désastre culinaire, et il sortit tout sourire en m'annonçant :

– Ce soir, hum, vous allez vous régaler ! C'est le jour du bougnat de roussette !

– Du quoi ?

– Du bougnat de roussette, une spécialité kanake. C'est un ragoût de chauve-souris.

À tout à l'heure !

La journée passa très vite. Bien sûr j'avais de quoi m'occuper désormais. Mais aussi la chance de rarement m'ennuyer. Mon esprit farfelu trouvait toujours quelque chose à inventer, et après avoir relu le début de *L'Écume des jours*, que j'avais tant aimé adolescente, je me mis à écrire dans le carnet de Michel.

L'écriture avait toujours été mon salut, et j'espérais qu'une fois de plus cela me sauverait. Peut-être pas de la maladie, mais de la dépression sans aucun doute.

C'est pourquoi j'ai tenu une sorte de journal. Je l'ai retrouvé trente ans plus tard au fond d'un placard. Et c'est grâce à lui que j'ai pu écrire ce livre. Certes, j'ai une bonne mémoire, mais tout de même pas au point de me souvenir de tous les détails que je vous relate. J'écrivais aussi quelques poèmes...

Voici donc *Thrombose blues* et *Phlébite sous les tropiques*. Que le lecteur me pardonne, j'étais jeune et désespérée...

Thrombose blues

De la cave au grenier tout est bouché
J'suis vraiment thrombosée il faut oser
Ma pauvre veine iliaque en a sa claque
Ma grosse fémorale se fait la malle

On m'a trop piquousée j'vais exploser
J'me fais du mauvais sang coagulant
À cause d'un p'tit caillot qu'j'ai dans la peau
Il me va droit au cœur sacré farceur

C'est le thrombose blues
J'ai vraiment la loose
Au bout de la Terre
Je vis un enfer
C'est le thrombose blues
Entourée de blouses
Blanches d'infirmières
Je fais ma prière

On dit que ce caillot, sacré charlot
Pourrait prendre l'ascenseur, quel baroudeur
Pour une région polaire très pulmonaire
C'est un joli pays, c'est l'embolie
J'ai une jambe bandée comme les mémés
Pour un look bien branché là c'est raté
Les autres pansements sont en dedans
Et réparent les dégâts qu'on ne voit pas.

C'est le thrombose blues
J'ai vraiment la loose
Au bout de la Terre
Je vis un enfer
C'est le thrombose blues
Entourée de blouses
Blanches d'infirmières
Je fais ma prière
Oh yeah !

Phlébite sous les Tropiques

Je vais vous dire la triste histoire
De la phlébite sous les Tropiques
Vous n'allez sans doute pas me croire
Tant cette aventure est épique

À vingt-cinq ans je suis partie
Car je rêvais de sable et d'eau
En Nouvelle-Calédonie
Faire une balade en bateau

J'embarquai sur un beau voilier
Sous un soleil des plus radieux
Avec un skipper tout bronzé
Mais le moteur soudain prit feu.

On accosta sur un îlot
Mais ma jambe se mit à gonfler

Comme j'avais de plus en plus chaud
Je m'affalai sous un palmier.

Phlébite sous les Tropiques
C'est un drame aquatique
L'arrivée d'un caillot sur un îlot.
Phlébite sous les Tropiques
L'océan Pacifique
Était pourtant si beau, tout tombe à l'eau

C'est alors que j'ai vu des fous
Avec des chapeaux, sur la plage
Et des boas autour du cou
J'ai d'abord cru à un mirage

Ils posaient pour un moustachu
En lançant en l'air des paillettes
Ils étaient tous à moitié nus
L'un d'entre eux portait des chaussettes

Puis le moustachu est venu
Sous mon palmier pour me parler
Il m'a dit : « Salut, qui es-tu ? »
J'ai répondu : « Je vais crever.

Ma jambe est dure comme une pierre
Et je ne peux plus avancer. »
Il m'a dit : « C'est un poisson-pierre
Qui a dû sûrement te piquer. »

Panique sous les Tropiques

Phlébite sous les tropiques
C'est le récit tragique
D'une salle embolie sans embellie
Phlébite sous les Tropiques
La thrombose fatidique
Voulait m'ôter la vie sans préavis

Il m'a portée à ses amis
Qui m'accueillirent joyeusement
Et avec des rires et des cris
M'affublèrent d'un déguisement

Je me retrouvai à poser
Avec un grand chapeau pointu
Et des feuilles de bananier
En guise d'élégant tutu

Mais j'étais de plus en plus pâle
La fièvre était beaucoup montée
Et sur le sable, dans un râle
Je me suis soudain écroulée

Le moustachu s'est inquiété
Car ma jambe me faisait très mal
Et il a dit sans hésiter :
« Je vous emmène à l'hôpital ! »

Phlébite sous les Tropiques
Le moment est critique
Moi qui venais de me faire des amis

Phlébite sous les tropiques
Le destin est sadique
Je vais mourir ici au paradis

On arriva tard dans la nuit
À l'hôpital de Nouméa
Pour me faire une phlébographie
Le médecin ne rigolait pas.

On m'allongea sur une table
J'étais toujours en maillot d'bain
J'avais des paillettes et du sable
Et un coquillage dans la main.

Ma veine cave fut photographiée
Elle ne devait pas être jolie
Car le médecin, l'air navré,
M'a dit : « Vous faites une embolie. »

J'ai dû appeler mes parents
Pour leur dire : « J'ai un gros problème
Et je vis mes derniers instants
Maman et papa, je vous aime. »

Phlébite sous les tropiques
C'est vraiment pathétique
Ça y est, c'est confirmé, je vais crever
Phlébite sous les tropiques
Mon destin dramatique
C'était bien l'embolie, c'était écrit

C'était une telle débâcle
Que même le prêtre est venu
Et son Dieu a fait un miracle
C'est incroyable, j'ai survécu !

Maintenant je suis dans une chambre
Je n'peux pas sortir de mon lit
Et le moustachu est si tendre
Il veille sur moi jour et nuit

Je vais peut-être m'en sortir
Moi je crois en ma bonne étoile
Et j'attends de pouvoir partir
Si ma jambe ne me fait plus mal

Et que cette saleté de caillot
Se tient bien gentiment tranquille
Et qu'il ne grimpe pas trop haut
J'espère qu'il n'est pas très agile

Phlébite sous les Tropiques
La vie est magnifique
Oui, je vais m'en tirer, c'est assuré
Phlébite sous les Tropiques
Cette histoire fera chic
Quand je la racont'rai dans les dîners.

Vers dix-sept heures, Michel est arrivé avec des provisions. Il avait acheté des chips, une moitié de poulet et une bouteille de vin (évidemment, le vin n'était toujours pas pour moi, bien qu'un petit verre, et même deux ou trois, m'aurait sûrement fait le plus grand bien...). Je lui ai dit ironiquement que j'étais désolée, que je ne pouvais pas partager ce repas avec lui, car le soir on allait me servir un plat spécial que je ne devais absolument pas rater : un ragoût de chauve-souris ! Et j'ai éclaté de rire, pensant qu'il en ferait autant. Mais il demeurait très sérieux.

– Non, il a dit en ouvrant grand ses beaux yeux noirs, tu veux dire du bougnat de roussette ?!

– Heu, oui, je crois que c'était ce nom-là, oui...

– Mais c'est formidable, s'écria-t-il. C'est mon plat préféré !

J'ai cru qu'il plaisantait et je me suis mise à rire de nouveau. Mais il ne plaisantait pas. Lorsqu'Aliki arriva avec la chose, je ne tenais plus Michel, qui salivait depuis une heure devant la porte. Aliki déposa fièrement un plateau sur lequel trônait un assez grand plat, recouvert de feuilles de bananier. J'eus à peine le temps de faire les présentations que Michel s'assit sur mon lit et commença à déshabiller le bougnat.

– Tu vois, dit-il très sérieusement en enlevant méticuleusement les feuilles, c'est comme une pochette-surprise ! Tu ouvres, et tu découvres ce qu'il y a dedans.

– Fais gaffe, il fait nuit, donc la chauve-souris une fois libérée pourrait bien s'envoler, dis-je.

Mais Michel ne m'écoutait pas. Toute son attention était portée sur ce qu'il était en train de faire. Aliki, resté au bout du lit, regardait le spectacle avec fierté, comme s'il avait lui-même cuisiné ce plat absurde, ou élevé le rat volant qui se trouvait à l'intérieur.

Dès que Michel a ôté toutes les feuilles, une odeur assez forte s'est dégagée du mets, et c'était étonnamment très agréable. Comme une odeur de bœuf bourguignon. Il y avait à l'intérieur un mélange de patates douces, d'épices et de viande (la chauve-souris, donc...).

– À toi l'honneur ! dit Michel en me tendant une fourchette.

Et j'ai goûté. Et j'ai adoré ! La viande, découpée en fines lamelles, délicate et très cuite, que le lait de coco avait rendu extrêmement tendre, formait avec les patates douces un mélange des plus harmonieux, des bananes enveloppaient le tout d'une douceur moelleuse, et pour ultime raffinement, des épices incroyables venaient malicieusement chatouiller les papilles. Et absolument rien qui puisse faire penser à la bête nocturne, ni ailes, ni petites pattes griffues, ni crocs acérés.

– C'est sublime ! j'ai déclaré, la bouche pleine.

– Plat typiquement kanak, a dit fièrement Aliki.

Quant à Michel, il avait déjà goulûment attaqué l'autre partie du plat et ne disait plus rien.

– Mais comment se fait-il, ai-je demandé à Aliki, que la nourriture soit généralement aussi immonde, et que tout d'un coup on ait une telle merveille ?

– La nourriture dans cet hôpital est parfaitement immonde, c'est tout à fait juste, et ce n'est pas près de changer. En revanche, ce qui a changé ce soir, c'est que je vous ai apporté un plat cuisiné par ma femme, parce que vous m'êtes sympathique, vous êtes la sagesse, et je ne veux pas vous voir mourir de faim sous mes yeux.

Je suis restée un moment interdite, Michel a levé son nez de l'assiette, et nous avons tous les trois éclaté de rire.

Chapitre six

Dès le lendemain, ma petite vie commença à sérieusement s'organiser. Michel débarqua à l'heure du déjeuner avec des sandwichs et une vieille télé ! Il dégota une pauvre table bancale je ne sais où, et il l'installa face à mon lit pour poser la télé dessus. Et miracle, il y avait la bonne prise cette fois-ci ! Mais pas de télécommande. Je lui fis remarquer ce petit détail qui avait son importance, ne pouvant pas me lever. Il me répondit qu'il y avait pensé, et qu'il reviendrait le soir avec quelque chose qui allait m'étonner.

– Plus grand-chose ne peut m'étonner de ta part, dis-je.

– Tu verras, on en reparlera ce soir, répondit-il, avec un sourire qui fit remonter sa moustache de plusieurs centimètres.

Vanolee arriva elle aussi avec une surprise. Une cloche ! Une grosse cloche, comme celles qui pendent au cou des vaches !

– Mais qu'est-ce que c'est que ça ? demandai-je.

– Ben, ça se voit, c'est une cloche ! dit-elle en l'agitant, ce qui fit un boucan du diable.

– Mais on va réveiller tout l'hôpital !

– C'est le but. Comme ça je t'entendrai quand tu sonneras.

– Mais c'est absurde, je vais déranger tout le monde.

– Mais quel monde ? Vous êtes trois à l'étage, et les autres sont à l'autre bout du couloir, on ne peut pas parler de monde.

– Et ils ont des cloches eux aussi ?

– Ah non ! Toi, tu es ma chouchoute. Pas de cloche pour les autres ! Ils ont intérêt à avoir une bonne voix !

– Mais c'est dingue, comment c'est possible qu'on laisse quelqu'un dans une chambre avec une sonnette qui ne marche pas ?

– C'est aussi la question que j'ai posée au médecin. Il va voir ce qu'il peut faire. On va peut-être faire venir un électricien.

– Peut-être ?

– Ah oui, ici rien n'est jamais sûr à cent pour cent. Et même quand on te dit un vrai « oui », il faut comprendre « peut-être ».

– Ah, alors du coup, quand on te dit « peut-être », il faut comprendre « jamais ».

Et elle se mit à rire d'un joli rire en cachant sa bouche avec sa main.

Les deux ouragans arrivèrent ensuite avec leurs gants pour m'arracher la peau du dos et des bras, cette fois-ci.

Et Aliki m'apporta un déjeuner digne de l'hôpital, donc immangeable. La routine, quoi.

Et moi, je me remis à écrire.

Mercredi 26 juillet 1989. Troisième jour d'hôpital

Mes journées se résument à regarder un palmier par la fenêtre et à attendre que ma porte s'ouvre. Je dois occuper mon esprit pour ne pas flipper. Mais les seules pensées qui me viennent ne sont pas très gaies. J'ai vingt-cinq ans, et qu'ai-je fait de ma vie ? J'ai perdu énormément de temps à me prendre la tête pour rien, toutes ces angoisses inutiles qui m'ont empêchée d'être heureuse. Et ai-je seulement été capable de rendre quelqu'un heureux ? Même pas mes parents ! Mon père s'obstine à trouver la vie glauque, et ma mère à faire comme si elle était belle. Je n'ai encore rien réalisé de concret. Après des études d'architecture d'intérieur à Lyon, j'ai tout plaqué pour faire les cours Simon à Paris. N'importe quoi ! Mais qu'est-ce que je crois ? Que j'ai du talent ? Que tout-Paris m'attend ? Je vis de rêves et de chimères, je rate toutes mes histoires d'amour, je fais souffrir ce pauvre Jean-Philippe. Je suis nulle, voilà tout. Et peut-être qu'il est préférable en effet que la Terre soit débarrassée d'une créature telle que moi.

D'ailleurs je peux claquer d'un instant à l'autre. C'est peut-être pour ça qu'on est si gentil avec moi, parce qu'on sait que je vis mes derniers instants. Non, je ne dois pas penser à des choses comme ça, on est gentil avec moi parce qu'il y a des gens gentils et que je suis sympa, c'est tout. Et jeune. Et toute seule. Et effrayée !!!

Oh quelle galère !

C'est un extrait qui donne un bon aperçu de mon état d'esprit du moment…

Michel est venu en fin d'après-midi, tout beau, dans une chemise à fleurs très « tropiques », la mèche gominée et la moustache frétillante.

– Waouh, tu es beau ! je me suis exclamée en le voyant pénétrer dans la chambre. Encore plus beau que Magnum !

– Et je sens bon aussi.

– Mais oui, je m'en rends compte ! (Son parfum au vétiver a envahi la pièce en un quart de seconde.) Que se passe-t-il ce soir, tu m'emmènes dîner ?

– Ah, si seulement... mais ça viendra, soyons patients. Non, je me disais que tu voyais des choses laides toute la journée, cette chambre, les bestioles, alors que ça te ferait sûrement plaisir de voir quelque chose de beau !

– Eh bien, c'est gagné ! Bravo !

– Et j'ai une surprise !

– Encore !

– Oui, enfin pas vraiment « encore », c'est une surprise qui va avec la première surprise.

– Une télécommande !

– Pas tout à fait...

Et il est sorti de la chambre pour réapparaître quelques secondes plus tard avec une longue tige en acier, au bout de laquelle était fixé un genre de pic.

– Mais non, j'ai dit, tu as fabriqué ça pour moi ?

– Et pour qui d'autre ? Moi, je peux encore marcher. On va l'essayer tout de suite.

Il a allumé la télé qui commençait par nous offrir un écran de neige avec des grésillements. Il y avait au-dessus une antenne toute tordue que Michel a tenté de redresser, on entendait des bribes de paroles, et soudain, miracle ! L'image et le son ! Et le feuilleton *Dallas* ! Michel est venu s'asseoir à mes côtés sur le lit avec la tige.

– Bon, il a dit, ça ne devrait pas être trop difficile, il y a de gros boutons, on devrait pouvoir les enfoncer sans problème.

La tige arrivait à la bonne distance, il avait bien calculé son coup. Il a visé en fermant un œil, et le petit pic a enfoncé un bouton.

– Et hop ! Un dessin animé !

– Formidable ! je me suis écriée. Haute technologie !

– En revanche, il a précisé, tu ne peux rien faire pour le son, le bouton se tourne. Mais tu t'en fous, il n'y a pas de voisins ! Vas-y, essaie de changer de chaîne.

J'ai saisi la tige et me suis appliquée à viser juste. Ce n'était pas très difficile. Et *Dallas* revint.

– Bravo ! a dit Michel, très enjoué. Et maintenant pour fêter ça, le dîner !

– Merci, merci beaucoup vraiment. Mais, excuse-moi, Michel, de te poser cette question, mais je me demande : tu n'as rien d'autre à faire que passer tes soirées avec une pauvre fille hospitalisée ?

– D'abord tu n'es pas une pauvre fille, tu es ma sirène, et ensuite non, je n'ai rien d'autre à faire. Rien d'aussi important en tout cas. Tu veux savoir ce que je ferais ? J'irais boire une bière en sortant du boulot avec quelques collègues, ou j'irais jouer au tennis, ou bien je rentrerais chez moi, je me ferais un petit dîner vite fait, ou je ferais venir des copains pour jouer aux cartes. Ou alors j'irais dans la boîte de nuit de mon copain Roger, et j'essaierais de faire attention de ne pas trop boire parce que j'ai le foie fragile depuis mon hépatite B en Afrique quand j'avais vingt et un ans. Intéressant, non ? Alors que là, je redonne le sourire à une petite demoiselle qui en a bien besoin. Je me sens utile, tu comprends ?

– Oui, bien sûr, c'est très gentil, mais...

– Je ne suis pas si gentil que ça en fait, c'est très égoïste de ma part : il se trouve que j'aime me trouver ici en ta compagnie.

– Dans cette chambre ? Avec les cafards ?

– Quelle chambre ? Quels cafards ? Moi, je ne vois qu'une jolie sirène qui a besoin de moi. Et puis maintenant on a la télé !

On a regardé la télé un instant. Sue Hélène se disputait avec JR. J'ai tourné la tête vers Michel pour faire un commentaire moqueur. Il avait les yeux dans le vague, avec un air mélancolique que je ne lui connaissais pas. J'ai demandé doucement :

– Tu penses à quoi ?

– À rien...

– Tes deux fils te manquent, hein ?

Il s'est levé pour sortir les repas du sac.

– Tu ne réponds pas ?

– Qu'est-ce que tu veux que je te dise ? Ils me manquent plus que tu ne peux imaginer. Et je suis très en colère contre mon ex-femme. Elle est partie en métropole avec eux, je les vois très peu. Il y a d'un côté la colère, et de l'autre la douleur et le manque, voilà. Et moi, je compose avec ça. Alors tu vois, ça me fait du bien à moi aussi de m'occuper de toi.

Il m'a tendu un petit livre : Marc Aurèle, *Pensées*, livre I.

– Tiens, m'a-t-il dit, j'ai trouvé ça dans ma bibliothèque. Ça me semble très approprié.

– Ah bon ? Pourquoi ?

– Tu ne connais pas Marc Aurèle, l'empereur romain philosophe ? C'était un stoïcien. Et comme j'ai vu qu'Aliki te surnommait « Mlle Sagesse »...

– Ah, ah ! Oui, un surnom qui ne me va pas du tout d'ailleurs. Je ne suis absolument pas sage…

– Ça vient en vieillissant. Ou pas… Mais avec ce qui t'arrive, je me suis dit qu'un peu de stoïcisme te ferait du bien.

Et il a ouvert une bouteille de vin. Et moi une page au hasard. Je suis tombée sur cette phrase que j'ai lue tout haut :

– « Accomplis chaque acte de ta vie comme s'il devait être le dernier. »

– Ah, a dit Michel, tu vois, ce livre est pour toi !

– Mais c'est affreux ! C'est un signe ! Ça veut dire que je vais crever !

– Mais non, ça veut dire qu'on doit apprécier chaque instant de notre vie, que chaque instant est précieux. Tiens, croque dans ce sandwich, et pense que ce sera peut-être ton dernier.

– Mais c'est peut-être mon dernier !

– Mais non. Je vais t'en préparer un encore meilleur pour ce soir. Vas-y, croque.

J'ai croqué.

– Alors, tu ne l'apprécies pas mieux maintenant que tu fais attention ?

– J'apprécie tout ce qui ne vient pas de ces affreux plateaux-repas. Et je n'ai pas besoin de Marc Aurèle pour apprécier tout ce qui me prouve que je suis vivante.

– Parfait, ça commence à venir ! Je suis sûr que vous allez devenir très copains lui et toi. À la vôtre !

Et il a levé son verre de vin.

Jeudi 27 juillet. Quatrième jour d'hôpital

Je me suis réveillée avec un petit poème en tête et je l'ai écrit rapidement dans mon carnet.

Je veux tout de la vie

Je veux tout de la vie
Les caresses et les pleurs
Beau temps et jours de pluie
Embêtés et douceur

Je veux tout de la vie
Les rires et les blessures
La jeunesse qui s'enfuit
Les mots doux, les mots durs

Je peux tout accepter
Partir à la dérive
Tomber, me relever
Pourvu que je survive

Je veux tout de la vie
Et qu'elle me maltraite
Si elle en a envie
Qu'elle soit drame ou bien fête

Qu'elle ne m'épargne pas
Que de moi elle se rit
Mais qu'au creux de ses bras
Elle me garde en sursit

J'ai tellement à faire
J'ai tant de choses à voir
Le paradis, l'enfer
ce sera pour plus tard

Je veux bien renoncer
A ma belle insouciance
Garder le coeur brisé
Par une triste romance

Pourvu qu'il batte encore
Qu'il cogne sans répit
Pour que vibre mon corps
Je veux tout de la vie –

Il fait une chaleur pas possible dans cette chambre, il n'y a pas la clim évidemment, et puis j'en ai marre de cette bande de gaze enroulée autour de ma jambe. Ça me serre et ça me gratte.

« Ce qui dépend de toi, c'est d'accepter ou non ce qui ne dépend pas de toi », Marc Aurèle. J'ai beaucoup de mal à accepter cet horrible bandage ! Il va falloir que je fasse décidément beaucoup

d'efforts pour appliquer ce que dit ce type dans son bouquin. La sagesse, c'est pas encore pour aujourd'hui !

J'ai utilisé ma cloche pour appeler cette nuit parce que j'ai fait une crise d'angoisse à la suite d'un affreux cauchemar : je marchais sur une plage déserte, et plein de poissons-pierres venaient me piquer les jambes, ils avaient l'air de hérissons méchants et ils me couraient après en poussant des cris de hyènes. Ce qui est ridicule comme cauchemar, étant donné que je n'ai jamais vu de poisson-pierre, et que je doute qu'ils aient des pattes et qu'ils poussent des cris. De hyènes, en plus. N'importe quoi. Mais bon, j'ai agité ma cloche, et une longue dame caldoche au visage terne, voûtée et sèche, d'une cinquantaine d'années, que je n'avais jamais vue, a déboulé, pas contente du tout.

– Qu'est-ce que c'est que ce boucan ! elle a dit.

Et moi j'ai expliqué qu'on m'avait donné la cloche pour les cas d'urgence, puisque je n'avais pas de sonnette. Et du coup elle a demandé ce que c'était l'urgence. Et je n'ai pas osé lui parler des poissons-pierres avec des cris de hyènes, alors j'ai dit que je sentais que j'avais de la fièvre. Elle est revenue avec un thermomètre qu'elle m'a dit de garder sous la langue. J'aurais tellement aimé parler à Vanolee, mais bon, elle ne peut pas être là jour et nuit…

Évidemment, je n'avais pas de fièvre, et ça n'a pas eu l'air de plaire à l'infirmière de nuit parce qu'elle est repartie sans même me dire bonne nuit. Elle a juste dit d'arrêter avec la cloche. J'ai répondu : « Et je fais quoi alors pour appeler ? Je joue du bignouf ? » C'est peut-être pour ça qu'elle est partie sans dire bonne nuit…

Patricia la charmante

Le médecin Gainsbourg est passé. Il n'a pas essayé de faire de l'humour cette fois-ci, il n'avait pas le temps. Il était venu m'annoncer qu'on allait me faire une nouvelle phlébographie dans deux ou trois jours, et j'ai eu subitement très envie de pleurer. J'avais beaucoup souffert la première fois, et ce souvenir suffisait à me faire venir des larmes. Mais je me suis retenue devant lui. C'était absurde, mais j'avais l'impression de relever un genre de défi face à ce médecin. Comme s'il croyait que j'allais mourir, et que je voulais lui prouver que j'allais survivre. Non pas qu'il eût souhaité ma mort, non, mais c'était comme s'il m'en voulait inconsciemment de lui poser un problème. Il ne comprenait pas mon cas, et cela l'agaçait visiblement. Ou peut-être me trompais-je, et avait-il tout simplement un caractère peu affable… Quoi qu'il en fût, je ne voulais pas me montrer faible devant lui. Il est sorti, j'ai attendu le temps nécessaire pour qu'il soit assez éloigné, et j'ai agité ma cloche dans l'espoir que Vanolee arrive. Ce qu'elle a fait rapidement. À peine avait-elle le temps de s'approcher de mon lit que j'ai éclaté en sanglots. Elle m'a prise dans ses bras.

– Allons, allons, petite fille, qu'est-ce qui se passe ?

– On va me faire une nouvelle phlébographie ! Et j'ai fait un cauchemar cette nuit !

Je régressais totalement. Les bras rassurants de Vanolee me donnaient tellement envie de redevenir une enfant que l'on protège. Elle s'est mise à me bercer contre elle et m'a parlé doucement :

– Je sais, je sais, ça fait beaucoup d'épreuves pour une si jeune personne, et tu es loin de ta famille, de tes amis. Mais tu n'es pas seule ici, tu nous as, nous, et ce monsieur très gentil qui vient te voir. Et tu vas t'en sortir, parce que tu le veux. Tu as du caractère, et ton corps fera ce que tu lui diras de faire. C'est toi le chef.

– Cette nuit j'ai sonné la cloche et une dame revêche et pas sympa du tout est venue.

– Ah, oui, c'est Patricia ! Elle m'a engueulée ce matin pour la cloche. Mais elle est pas méchante, elle est très dévouée aux patients, c'est une très bonne infirmière, mais elle râle tout le temps, c'est comme ça, il faut s'y faire. On n'a pas tous la même attitude avec nos patients. Il y en a qui sont plus dans l'empathie, comme moi, qui le montrent, d'autres qui font semblant d'être toujours de bonne humeur, pour remonter le moral, et puis il y a ceux qui râlent, et comme ça, ça empêche les patients de râler aussi, ou de trop s'apitoyer sur leur sort.

– Je vois. Je vais écrire ça dans mon journal.

– Tu écris un journal ?

– Oui, enfin, des petites choses. Ça m'occupe.

– Ah, mais c'est très bien d'écrire ! Très bien.

– Je voudrais aussi être auteure et comédienne.

– Ah, c'est bien, ça ! Mais tu vas y arriver, j'en suis sûre, parce que tu es rigolote, tu as de l'esprit, et beaucoup de volonté, ça se sent. Allez, je dois te laisser. Ça va aller ? Ah, au fait, l'électricien vient demain.

– C'est sûr ?

– Oui.

– OK, donc il viendra peut-être...

Et elle est sortie dans un rire.

Après une courte visite de Michel vers treize heures (salade de concombres, rôti froid mayonnaise et éclair au chocolat), je fis une découverte épatante : je pouvais tuer des cafards avec ma nouvelle lance ! Le petit pic qui se trouvait au bout était parfait pour leur percer l'abdomen. On allait voir qui était le chef ! Je ne savais pas ce que Marc Aurèle en aurait pensé, mais je m'en fichais complètement...

Après pas mal de tentatives infructueuses (il fallait être très rapide, ces bestioles semblaient posséder aussi des yeux derrière la tête, car elles voyaient quand le pic approchait dans leur dos), j'ai réussi à en piquer un gros. Il gesticulait au bout de ma lance, c'était affreux, mais je devenais totalement sadique et ce spectacle me réjouissait autant qu'il me dégoûtait. Il me suffisait ensuite de faire glisser l'insecte contre le rebord de la fenêtre entrouverte et hop, bye-bye immonde chose !

Je chassais souvent en musique. Michel m'avait apporté un walkman avec des disques, et ma musique préférée pour ce genre d'exercice était celle de *James Bond*, *Goldfinger*. Effet garanti ! Si un jour on m'avait dit que j'allais me transformer en James-Bond-girl-cafards-killeuse ! En tout cas ça me faisait passer le temps, ça me débarrassait de quelques-unes de ces saletés, et ça me musclait les bras (enfin, le droit seulement, je n'ai jamais réussi à atteindre une cible du bras gauche). Somme toute une très saine occupation... Je ne m'ennuyais finalement pas : un peu de lecture, un peu d'écriture, un peu de télé. Mais pas trop... Je ne voulais pas décevoir Michel qui avait l'air si content de m'en apporter une, mais je n'aimais déjà pas tellement ça à l'époque.

Il faut dire qu'à cause de mon père, j'en avais été un peu dégoûtée. Artiste peintre aquarelliste, il travaillait à la maison, dans le salon, et laissait la télé allumée en permanence. Un œil rivé à son pinceau, l'autre au petit écran, il était capable de peindre des paysages bucoliques tout en regardant un film gore ! Puis il a fait l'acquisition d'une télé pour sa chambre, qui fonctionnait elle aussi du matin au soir, même si personne ne la regardait. Et pour couronner le tout, nous en avions eu une dans la cuisine, pour voir les infos pendant les repas, et que l'on n'éteignait pas non plus. Si bien que l'appartement était sans cesse envahi par un épouvantable brouhaha qui me cassait les oreilles, et qui parvenait toujours à se faufiler dans ma chambre, même porte fermée ! Et à part pour regarder le film du dimanche soir avec mes parents, je ne trouvais aucun intérêt à ces objets intrusifs et bruyants...

J'avais tout de même découvert par hasard une chaîne kanake, où j'apprenais plein de choses sur ce peuple, et les merveilles de ce pays. Et je ne ratais pas les infos, pour ne pas rester totalement déconnectée. Pourtant, petit à petit, je m'étais mise à m'abrutir de temps à autre devant des soaps stupides, et cela me faisait curieusement du bien. J'avais l'impression d'être décérébrée, et mon cerveau en perpétuelle ébullition se mettait un peu en veilleuse. Je commençais à comprendre les gens qui, après une journée de travail harassante, s'écroulaient dans leur canapé devant n'importe quoi à la télé, pourvu que cela ne leur demande aucun effort intellectuel…

Chapitre sept

Vendredi 28 juillet. Cinquième jour d'hôpital

Je viens de lire une phrase de Marc, mon coach en philosophie : « Que la force me soit donnée de supporter ce qui ne peut être changé, le courage de changer ce qui peut l'être, et la sagesse de distinguer l'un de l'autre. » Effectivement, ça me parle beaucoup... Supporter ce qui ne peut être changé : je suis enfermée dans cette chambre et j'ai peur de mourir.

Le courage de changer ce qui peut l'être : la seule chose que je pourrais éventuellement maîtriser, c'est mon esprit. Chasser la peur, ne pas m'apitoyer sur mon sort et rester positive. La sagesse de distinguer l'un de l'autre : j'y arrive très bien. Peut-être que je suis vraiment en train de me transformer en Mlle Sagesse ?

J'ai décidé de donner un nom à mon palmier. Après tout, nous sommes devenus amis maintenant, puisque je lui parle et qu'il me répond en dodelinant des palmes. J'ai opté pour un nom kanak et j'ai demandé à Mgr Aliki de m'aider à en trouver un. Il m'en a proposé de très jolis (j'adore les prénoms kanaks. Quand j'aurai des enfants je leur donnerai des prénoms kanaks), et nous avons choisi : Djatoua. Parce que cela veut dire : « prendre le visage d'une personne », ou « prendre son apparence ». Exactement ce que faisait le petit palmier. Aliki, après son service, est même revenu pour faire avec moi une petite cérémonie, où il a parlé à l'arbre dans sa langue, qui est magnifique. J'étais très émue. En même temps, en ce moment, il ne me faut pas grand-chose pour avoir la larme à l'œil. J'ai même pleuré devant une histoire débile à la télé d'un chaton qui retrouvait sa mère. Je commence à ne plus tourner très rond. Mais qu'est-ce qui est le plus bizarre en fait : pleurer devant des chatons mignons, ou baptiser un arbre avec une cérémonie kanake ?

J'ai dit aux deux ouragans que je préférais me laver seule, si je voulais qu'il me reste un peu de peau sur les os avant la fin du séjour. Elles n'ont pas eu l'air de mal le prendre, en disant que ça leur ferait moins de travail, et comme ça elles ne m'entendraient plus crier « aïe » toutes les deux secondes. Elles ont quand même ajouté que j'étais douillette, ce à quoi j'ai répondu que pas du tout, c'étaient elles qui étaient des brutes. Et puis on a finalement rigolé. Elles ont étendu sous mes draps une longue alèse en plastique et m'ont laissée tranquille, en compagnie d'une bassine remplie d'une eau savonneuse, un gant de toilette et une serviette. J'ai eu beaucoup de plaisir à faire ma toilette seule, en prenant mon temps, comme un chat. Mais malheureusement j'ai réussi, alors que j'avais quasi terminé à renverser la bassine dans mon lit. J'ai sonné la cloche, les ouragans sont arrivés, elles criaient : « Oh là là, oh là là ! » Il a fallu me porter sur le fauteuil, changer les draps (ce qui finalement n'était pas plus mal…), changer ma chemise de nuit. J'ai profité de l'occasion pour leur demander de me passer un des vêtements qui étaient dans ma valise, pour me sentir plus à l'aise. J'ai enfilé la jolie tunique longue à fleurs bleues que j'avais achetée sur un marché artisanal. Ainsi vêtue, je me sentais mieux, j'avais un peu moins l'air d'une malade. Seule ma jambe droite, toujours enveloppée de bandelettes, dénotait un peu, mais bon, en rabattant le drap par-dessus, on ne voyait plus que le haut du corps, et ça pouvait faire illusion… Je m'étais déjà trouvée plus sexy, mais ici, de toute façon, ce n'était pas le propos…

Michel me donna des nouvelles de mes parents. En fait, il leur parlait chaque jour, car il avait eu la gentillesse de laisser son numéro à maman, qui du coup l'appelait très souvent.

– J'espère qu'elle n'est pas trop envahissante, demandai-je.

– Mais pas du tout. Autant qu'une mère qui pense que son enfant va mourir à l'autre bout du monde puisse l'être.

– C'est-à-dire ?

– C'est-à-dire qu'elle m'appelle plusieurs fois par jour.

– Oh non ! Mais comment fait-elle, tu passes ton temps à aller voir des clients dans la journée !

– Je lui ai donné le numéro de mon téléphone de voiture.

– Tu as un téléphone dans ta voiture ? Comme Magnum !

– Ben oui, c'est mon métier, tu sais, la téléphonie. Mais ça va, ça va. Comme ça je communique tout le temps avec ta maman. Et puis elle est très sympathique. Comme sa fille…

– Et mon père, tu lui as parlé ?

– Non, il est plus discret, il a juste pris une fois le téléphone pour me dire timidement « Merci monsieur ». C'était mignon. Mais je sais qu'il est toujours à côté de ta mère quand elle appelle, je l'entends faire des petits commentaires.

– Ça ne m'étonne pas de lui. Mais dis-moi… ils n'ont pas évoqué l'idée de… de venir, par hasard ?

– Venir ?

– Oui, venir ici. Bon, mon père, jamais, il a une trouille bleue de l'avion, alors vingt-sept heures pour un baptême de l'air, tu imagines ! Mais ma mère… Ce serait logique qu'elle vienne si elle s'inquiète autant pour sa fille unique, non ? Surtout que j'ai l'impression que je ne suis pas près de repartir…

– Oui, c'est vrai, tu as raison. En tout cas, moi, c'est ce que j'aurais fait si mon enfant avait été en danger, où qu'il soit, même sur la Lune.

– Ah, tu vois ! Donc c'est bizarre, non ?

– Elle a peut-être peur de l'avion elle aussi.

– Non, non, pas du tout. Je pense qu'elle a surtout peur de laisser mon père, qui est comme un gamin perdu sans elle. Mais quand même… Mon père est artiste peintre, et ma mère tient une galerie dans Lyon, où elle expose ses tableaux. Un business familial, tu vois. Non, je pense qu'ils sont effectivement très inquiets, mais je ne suis pas sûre que ma mère vienne.

– J'essaierai de leur en parler si tu veux. Sans être lourd, évidemment.

– Évidemment… Je te remercie en tout cas.

– Au fait, aujourd'hui, c'est vendredi.

– Oui. Et ?

– Et demain c'est le week-end.

– Ah, tu vas aller avec ta bande de copains sur l'îlot pour batifoler dans le lagon ?

Il rit.

– Non, on n'y va pas tous les week-ends quand même. Non, c'est juste que demain, je n'ai pas à me lever.

– Ah, tant mieux pour toi.

– Alors je me disais, pourquoi ne pas faire une petite soirée, ce soir.

– Mais bien sûr, tu as raison, va voir tes amis évidemment, ça te changera de cet endroit glauque. Tu me raconteras.

– Mieux que ça, tu pourrais participer.

– Moi ? Mais non, voyons, tu sais très bien que je ne peux pas sortir d'ici.

– Mais qui te parle de sortir d'ici.

– Quoi ? Mais… tu es fou ! Tu ne vas pas amener tes amis ici quand même !

– Et pourquoi pas ? Ça t'ennuie ?

– Mais non, pas du tout, mais on n'a pas le droit.

– Tu as déjà vu quelqu'un nous empêcher de faire quoi que ce soit dans cet hôpital, toi ? On l'a traversé de nuit avec un lit à roulettes, je t'ai installé une télé, je passe te voir n'importe quand sans respecter les horaires de visite, et tu as même une cloche pour appeler les infirmières. Ce n'est pas très sérieux…

– Tiens, ça me fait penser que l'électricien n'est pas venu…

– Bon, alors, c'est oui ? À moins que tu ne te sentes encore trop fatiguée, dis-moi franchement. Mais de toute façon tu ne vas pas danser, et on viendra tôt, comme ça tu pourras dormir pas trop tard.

– Mais vous serez combien ?

– Eh bien, je viendrai avec les gens qui étaient avec moi sur l'îlot, la bande, quoi. Ils me demandent tout le temps de tes nouvelles, tu sais.

– Ah bon ?

– Mais oui. Alors ?

– Mais alors, c'est oui, évidemment. Mais l'horrible Patricia, qu'est-ce qu'on en fait ?

– Qui c'est, celle-là ?

– C'est l'infirmière de nuit. Et elle est revêche !

– T'inquiète, je vais l'amadouer avec mon sourire charmeur et ma moustache en folie.

Ils ont débarqué vers dix-neuf heures, une fois que Patricia avait pris ma tension et vérifié si la perfusion tenait le coup. Ils sont arrivés dans le couloir un par un, pour être plus discrets. Je les reconnaissais à peine, tant le souvenir de notre rencontre restait flou pour moi. Surtout que cette fois-ci, ils étaient habillés… Il y avait cette très jolie rousse, Cathy, et ce petit couple amoureux, Frédéric et Isabelle. Et puis le très grand type au nez cabossé, mais aux yeux couleur lagon, François. Le fameux Roger, patron de boîte de nuit. Et cette autre fille brune pas très grande et rigolote, Amandine. Ils avaient tous l'air si gentils. Ils avaient apporté plein de choses à manger et à boire, et certains étaient venus avec des petits cadeaux, des livres, des disques, et aussi de l'aquarelle et du papier parce que j'avais dit une fois à Michel que j'aimais peindre. Je me sentais tout à fait bien avec eux, comme si je les avais connus depuis toujours. C'était étrange, j'étais seule et malade à l'autre bout du monde, et voilà que, par un hasard incroyable, je me faisais une bande de copains ! Nous avons parlé assez doucement au début, pour ne pas être repérés, et je me rendais compte que cette situation les amusait beaucoup. Je me suis mise à leur raconter le début de mes vacances catastrophiques avec Jean-Phi, la déclaration d'amour à Bangkok, puis la danse de Saint-Guy. Tout le monde riait, et je ressentais à nouveau une énergie que je croyais perdue depuis longtemps. Faire rire m'avait toujours requinquée ! Ils ouvraient des bouteilles de vin, et je les regardais boire avec envie. J'ai tout de même trempé mes lèvres dans un peu de vin rouge, et le goût me paraissait tellement fantastique ! Comme si je retrouvais un paradis perdu.

Et puis avec l'alcool, mes nouveaux amis ont parlé de moins en moins doucement, ils ont sorti un petit poste, trouvé une radio latino, et se sont finalement mis à danser sur une salsa en poussant des cris. Je les regardais, si heureux, si insouciants, et je les trouvais merveilleux. Je tapais des mains en criant moi aussi pour accompagner leur danse, et Michel a exécuté une invraisemblable chorégraphie avec des fruits exotiques que je serai bien incapable de vous décrire. C'est à ce moment-là qu'elle a surgi.

– Mais qu'est-ce que c'est que ce bordel ?!!! a hurlé Patricia en ouvrant la porte.

Michel, qui tenait un ananas sur sa tête et avait une banane entre les dents, a posé les fruits et pris les devants. Il fit frétiller sa moustache (je ne sais pas comment il arrivait à faire ça, mais on aurait vraiment dit qu'elle frétillait...), il a enclenché son sourire enjôleur, celui comme pour une pub de dentifrice (je l'avais repéré, il lui était déjà arrivé de s'entraîner sur moi), et ses yeux noir de jais lancèrent des étincelles (qu'on pouvait presque voir, car la chambre était désormais plongée dans une semi-obscurité).

– Bonsoir très chère madame, il a dit d'une voix mielleuse, tout en allant à la rencontre de Patricia. Pardonnez-nous ces petits débordements, mais nous tenons compagnie à cette pauvre jeune fille, qui est bien seule et bien triste.

– Mais comment c'est possible ? Mais par où êtes-vous passés ? Je ne vous ai pas vus dans le couloir ! a-t-elle vociféré.

– Mais c'est parce que nous sommes discrets, a continué Michel. Charme et discrétion, telle est notre devise !

– Discrets ? Mais vous êtes en train de réveiller tout l'hôpital !!!

– Oui, excusez-nous, nous allons faire un peu plus attention. Un petit verre pour trinquer à l'amitié ?

– Mais ça va pas, non ? Je suis en service, moi ! Et vous, vous n'avez absolument pas le droit d'être ici ! Vous devez déguerpir, et vite fait !

– Sinon quoi ?

– Sinon j'appelle le gardien tout de suite, et on verra si vous faites toujours les fanfarons !

– Ça nous laisse combien de temps à peu près pour boire un dernier verre ?

Patricia, à bout d'arguments, a tourné les talons, et un fou rire collectif a démarré. Il ne s'est arrêté qu'à l'arrivée du gardien. Un géant roux a franchi la porte avec un air très fâché, puis il s'est arrêté net. Un large sourire a alors débarqué sur ses lèvres.

– Michel ! s'est-il écrié.

– Arnaud ! a répondu Michel.

Et ils se sont tombés dans les bras l'un de l'autre. Patricia, qui assistait à la scène, a échangé son teint blême pour une couleur rouge, et je crus bien voir de la fumée sortir de son nez.

– Ça alors, a dit Michel, c'est toi le gardien !!!

– Ben oui, a acquiescé le géant roux, qui donc s'appelait Arnaud. Quand j'ai quitté la boîte, je suis reparti en métropole, et puis finalement je suis revenu il y a quelques semaines, et j'ai pris ce poste, en attendant…

Michel nous a présentés à son ami, qui avait été un ancien collègue de travail, et Patricia a fini par disparaître.

– Un petit coup de rouge ? lui a proposé Michel.

– Non ! Tu rigoles ! Jamais de la vie ! Je suis en service quand même ! Bon… Mais un tout petit alors.

Et il entrebâilla la porte pour jeter un œil dans le couloir et vérifier que Patricia était bien partie. Après trois verres de vin, assez vite bus car il devait reprendre son service, il a embrassé tout le monde et m'a assuré avec entrain qu'il reviendrait me rendre visite. Décidément, cette chambre n'allait pas désemplir ! Mes nouveaux amis ont pris congé peu de temps après, en me promettant de revenir souvent, et Michel m'a embrassée sur le front :

– À demain, ma sirène ! Je fais la grasse mat', mais je serai là pour le déjeuner avec une surprise !

J'allais répondre « encore ! », mais je me suis retenue et j'ai accompagné sa sortie par un sourire reconnaissant.

Chapitre huit

Samedi 29 juillet. Sixième jour d'hôpital

Ce matin je me suis réveillée.

C'est vrai, cette phrase écrite sans suite peut paraître bizarre. Mais elle a en fait tout son sens comme ça. Parce que chaque matin, depuis une semaine, je me réveille en me disant : « Je me suis réveillée ! »

Je devrais ajouter : « Ouf ! »

Ce serait effectivement plus clair : « Ce matin je me suis réveillée, ouf ! »

Parce que tous les soirs, je me demande quand même un peu si je serais vivante le lendemain. Juste un peu, parce que je ne veux pas non plus céder à la panique, mais quand même, je me le demande. Chaque instant de ma journée est un instant volé à la mort, alors je fais ce qu'a écrit Marc Aurèle, je photographie des images, je fais des arrêts dessus, et je me dis : « Ça, c'est peut-être la dernière fois que tu le vois. » À part les cafards, que j'aimerais ne plus jamais voir, tout le reste me manquera. Le sourire de Michel, mon palmier, les croissants, entendre battre mon cœur.

Et je pense à tout ce que j'aimerais faire et que je ne ferais peut-être jamais, à tout ce que j'aurais aimé dire et que je n'ai jamais dit, et à tout ce que j'ai fait et dit que je n'aurais pas dû faire ou dire. Et alors je m'enfonce dans les méandres toxiques des remords et des regrets, jusqu'à en pleurer. J'ai donc décidé de faire une liste, comme ça, ce sera clair une bonne fois pour toutes. Et si je m'en sors, je me promets de regarder la liste et d'essayer de rattraper les choses, ou de faire en sorte qu'elles n'arrivent plus, ou qu'elles se réalisent. Désir :

Si je m'en sors, je me promets de devenir auteure et comédienne.

Voilà, c'est assez pour aujourd'hui, car c'est un grand souhait, qui pourrait prendre toute une vie à se réaliser. Ce n'est pas comme si j'écrivais : si je m'en sors, je me gaverai de glace au chocolat (ce que je ferais aussi). Non, le premier souhait est un souhait majeur, et je me rends compte en l'écrivant que je ne l'ai jamais aussi clairement formulé, comme si j'avais toujours fait les choses par hasard, en me disant : « Pourquoi pas », de façon désinvolte. Mais je sais désormais que je ne prends pas du tout ça à la légère. C'est encore ma pudeur qui m'empêche de reconnaître franchement mes désirs : « Oui, peut-être que je suis un peu douée pour ceci, ou cela, on verra bien, essayons… » Mais non ! Je veux être une putain de comédienne, et une putain d'auteure ! Et je veux même être reconnue pour mon travail tant qu'à faire ! Et je veux les grandes scènes, les applaudissements, les tournées, et écrire des pièces qui seront jouées, des chansons qui seront chantées, des livres qui seront lus ! Carrément ! Indéniablement ! Je le veux, je le veux, je le veux !!!! Et je ferai tout pour ça, ah oui, je me donnerai les moyens, je bosserai sans cesse, mais j'y arriverai, et comme ça si je meurs, vieille, j'espère, et que je fais une dernière liste : « Ce que j'ai accompli et ce que je regrette », eh bien, « comédienne et auteure » ne seront pas dans la colonne regrets ! Voilà !

Zut, les ouragans arrivent, je reprends plus tard.

Une langouste ! Carrément ! Ce fut ça la surprise ! Et avec de la mayonnaise en plus ! Michel n'y alla pas avec le dos de la cuillère ! Mais je n'eus pas à m'en plaindre, d'autant plus qu'Aliki apporta pour le déjeuner des endives verdâtres avec un pseudo-jambon, et des poires au sirop qui devaient barboter dans leur jus depuis Mathusalem.

La langouste fut sublime. Je ne me souvins pas en avoir jamais mangé de si bonne. Je ne me souvins pas en avoir jamais mangé, d'ailleurs. Cette chaire blanche et tendre fut un enchantement, et cette mayonnaise !

– Faite maison, claironna fièrement Michel. Je suis le roi de la mayonnaise !

Il ne fut pas loin d'être l'homme parfait. En le regardant manger, je me demandai s'il me plaisait. Si je l'aurais même regardé s'il ne nous était pas arrivé cette aventure absurde. Michel fut bel homme, mais je le trouvai un peu trop vieux pour moi (dire qu'il était plus jeune que moi à l'heure où j'écris ces lignes !). Je ne sus pas quel âge il avait exactement, mais je pensai qu'il devait bien avoir vingt ans de plus que moi. Je me dis que je passerais bien ma vie aux côtés d'un homme comme lui, un homme enjoué, courageux, rassurant, qui me ferait croire que la mort n'existe pas, et que je croirais.

– Pourquoi tu me regardes comme ça, ma sirène ? s'enquieta-t-il soudain, se sentant observé.

– Pour rien... Ou si, je me demandais quel âge tu avais.

– Quel âge tu me donnes ?

– Je sais pas... quarante ans...

Je faillis dire quarante-cinq, mais je pensai qu'il valait mieux le rajeunir un peu pour ne pas le vexer. Il eut l'air satisfait.

– Ah, ça va, j'avais peur que tu dises plus. Pour les gens de ton âge, tous les gens de mon âge sont des vieux.

– Oh, mais non ! mentis-je. Tu n'as pas l'air du tout vieux, tu as l'air... mûr...

– Ah, ah, comme un vieux fruit prêt à tomber de l'arbre, plaisanta-t-il, un peu pincé tout de même. Mais je comprends, c'est normal après tout, tu es si jeune, tu as vingt-cinq ans, et tu en fais à peine quinze, en plus !

– Ce n'est pas vrai ! protestai-je, vexée.

– Mais si ! Mais c'est très mignon, ne le prends pas mal ! Tu es si petite, si chétive ! Avec une tête de petite fille ! Mais tu verras, bientôt tu seras très contente qu'on te donne moins.

– Peut-être. Si je réussis à vivre assez vieille pour être contente d'avoir l'air jeune...

– Ne dis pas de bêtises, tu vas vivre centenaire, tu es une *warrior*, je te l'ai déjà dit !

– Hum, oui... Mais tout ça ne me dit pas ton âge. Alors ?

Il ne répondit pas.

– Tu as quel âge ?

– Soixante-cinq.

– Je ne te crois pas.

– Alors vingt-cinq. J'ai ton âge quand je suis avec toi.

– Tu es si coquet que ça ? Tu ne veux pas me le dire alors.

– J'ai l'âge que tu veux.

– Je ne veux rien, je te trouve bien avec l'âge que tu as.

– Parfait ! Alors n'en parlons plus !

Je me demandais si je lui plaisais. Mais il devait s'interdire ce genre de pensées. Il était si paternel avec moi. Il n'avait pas menti, il m'avait sauvé la vie, et il veillerait sur moi jusqu'au bout, telle était sa mission. C'était très réconfortant et parfaitement incroyable. Et puis j'ai recommencé à manger ma langouste, et je n'ai plus pensé à tout ça.

Vanolee vint ensuite m'annoncer que mes parents avaient laissé un message pour moi au standard. Ils me demandaient de descendre à dix-neuf heures au bureau des infirmiers car ils allaient me téléphoner avec ma tante. Je me préparai donc psychologiquement au drame.

En effet, ma tante, la sœur de mon père, que l'on surnommait Zette, je ne sus jamais pour quelle raison, était un personnage qu'il fallait ménager. Elle avait une soixantaine d'années à l'époque, et tenait un magasin de vêtements pour femmes fortes à Lyon. Elle était toujours tirée à quatre épingles, bien maquillée, ongles impeccables, arborant inlassablement un chignon choucroute blond qu'aucune tempête n'aurait pu décoiffer tant il était laqué. Elle était mariée à mon oncle André depuis fort longtemps, n'avait pas pu avoir d'enfants, et déversait perpétuellement des flots d'amour sur ma petite personne (ce qui ne me dérangeait en rien car je l'adorais).

Elle en gardait tout de même un peu pour son mari, beaucoup pour sa vieille mère, et énormément pour son petit teckel appelé Gerry, à l'époque cinquième du nom. Car elle en avait déjà possédé plusieurs. Dès que l'un d'eux trépassait, il était immédiatement remplacé par un plus jeune de la même race. À vingt-cinq ans, j'en avais déjà connu trois...

Ma tante Zette avait vécu un grand chagrin d'amour lorsqu'elle était jeune. Elle devait épouser un homme qui ne se présenta pas le jour de la cérémonie. Car il était déjà marié, et même père de famille. Suite à cette horrible déception, tante Zette se trouva terriblement fragilisée émotionnellement. Et elle ne s'exprima plus jamais comme avant. Sa voix, cabossée comme le reste de sa personne par ce choc affectif, se mit à s'enfuir dans les aigus, et à grincer comme une vieille porte. Si bien que sortaient désormais de sa jolie bouche rose des discours dissonants des plus curieux. Extrêmement sensible, elle avait souvent la larme à l'œil, paniquait pour un rien et se faisait un mauvais sang d'encre pour pas grand-chose. Telle était ma tante Zette, adorable poupée cassée, que toute la famille protégeait du mieux qu'elle le pouvait. Et c'était donc pour toutes ces raisons que je redoutais de lui parler au téléphone…

Mais il n'était pas question d'y échapper. Tout le monde se serait fait beaucoup trop de souci si je n'avais pas été fidèle au rendez-vous.

Tante Zette et son chignon

Je fus donc descendue un peu en avance par deux brancardiers jusqu'au bureau, où j'attendis, avec une certaine angoisse, la sonnerie du téléphone. Je sursautai presque lorsqu'elle retentit. Maman parla la première d'une voix qui se voulait enjouée, puis très vite me dit la phrase fatidique :

– Je te passe ta tante !

J'entendis alors un « allô » étranglé.

– Allô, tante Zette, c'est moi ! Surtout ne t'en fais pas, je suis sortie d'affaire, je vais revenir.

– Ah ouiii, ouiii, très bien.

– Ça va toi ?

– Ah ouiiii, ouiii, très bien.

– Bon... Il ne faut pas que tu t'inquiètes, tu sais, je vais beaucoup mieux.

– Ah ouiii, ouiii, très bien.

J'étais étonnée. Tante Zette, de sa voix étrange, répétait les mêmes choses à la façon d'un disque rayé, mais sans aucun débordement, comme si elle était anesthésiée.

– Tante Zette, tu es sûre que ça va ?

Il y eut un silence.

– Non ! Ça va paaas du tout !... On est teeeeellement inquiets iciiiiiii. C'est aaaffreux bouhouhouhou (premier sanglot), il faut que tuuuu reviiiiennes hiiiiii (couinement), je ne dors pluuus du tout bouhouhou (deuxième sanglot) ma petiiite Sophiiiiie, c'est pas possiiiible huhuhuhu (pleurs aigus), mais qu'est-ce qu'on va faire, c'est horriiiiible !!!! Haarg haaarg (problèmes pour reprendre son souffle).

– Tante Zette, calme-toi, écoute-moi, tout va bien, je vais bientôt rentrer, tout sera comme avant, ne t'en fais pas. Je t'aime, ne t'en fais pas, je suis sortie d'affaire maintenant.

Mais tante Zette pleurait sans discontinuer.

J'entendais maman la sermonner : « Ah non, Zette, on avait dit que tu resterais calme », et papa qui disait : « Oh là là, non, mais c'est pas bientôt fini, tout ce cirque ! Je n'entends plus Sophie dans l'écouteur ! », et finalement maman a repris le combiné. Elle tentait de me parler normalement, mais j'avais du mal à la comprendre, car ma tante, qui semblait encore vouloir me dire des choses, hurlait de sa pauvre voix éraillée :

– Ma pauvre petite Sophiiiie, reviens viiiite !

J'ai raccroché rapidement et on m'a remontée dans ma chambre.

Pour me réconforter, j'ai voulu regarder mon petit palmier danser dans le ciel bleu nuit. Mais je n'arrivais pas à bien le voir. Mes yeux étaient trop mouillés.

Dimanche 30 juillet. Septième jour d'hôpital

C'est dimanche. J'entends les cloches de l'église qui sonnent. Je ne sais pas pourquoi, mais ça me réconforte. Sans doute le souvenir de mes écoles religieuses. J'imagine les familles qui se pressent à la messe, les enfants propres et bien habillés qui tiennent les mains des parents. Les familles. Rien qu'à penser à ce mot « famille », j'ai envie de pleurer. Moi j'ai l'impression de ne plus en avoir. Ma mère ne vient toujours pas, et je n'ai plus l'enfant que je portais. Je me refuse à y penser tant c'est douloureux. Mais je ne pouvais pas le garder. Je n'étais moi-même pas encore tout à fait sortie de l'enfance, malgré mes vingt-cinq ans. Quant à Nicolas, n'en parlons même pas. C'est comme ça, certains grandissent moins vite que d'autres… Et moi, je me suis tellement accrochée à l'enfance que je n'ai pas vraiment grandi. D'ailleurs, je suis minuscule, et je vais rester comme ça. Mais maintenant, avec l'épreuve que je traverse, j'ai l'impression d'avoir finalement grandi d'un coup. Ou plutôt, j'ai vieilli, d'un coup. J'aimerais tant être insouciante encore, je ne me souviens déjà plus comment c'était de vivre sans penser à la mort. Mon insouciance, je l'ai senti se faufiler sous mes draps, glisser du lit, et s'écouler au sol pour ne plus former qu'une petite flaque ridicule. Et si j'allais ne plus jamais être comme avant, légère, enjouée, désinvolte, folle ? Et si j'étais en fait un peu morte ici, laissant ma jeunesse dans cet hôpital ? Et si j'allais devenir grave à tout jamais ?

La mort des autres, j'y ai déjà été confrontée, trois de mes grands-parents, des morts logiques, dans l'ordre des choses, les plus âgés disparaissaient. Mais moi, moi, jeune fille qui ouvre grand les bras pour accueillir toutes les expériences, tous les espoirs, comment penser que la mort pourrait s'y glisser subitement et anéantir tant de désirs et de projets ? Vite, une pensée de Marc Aurèle : « La mort n'est peut-être qu'un changement de place. » Il en a de bonnes, celui-là ! Mais moi, je ne veux pas changer de place, je l'ai même pas encore trouvée, ma place !

Finalement ça m'énerve, ces cloches. Je vais planter un ou deux cafards avec ma lance magique, ça me défoulera.

Je me réveillai toute de travers après une nuit agitée, trop chaud, des moustiques. Ah oui, j'oubliai de parler des moustiques ! Ils avaient la taille des cafards, au moins ! Énormes ! Et bruyants de surcroît, évidemment. Des hélicoptères ! Je les entendais tournicoter autour de moi en permanence. Enfin, à force je ne les entendais plus vraiment. À part la nuit.

Et ils me dévoraient, bien entendu. Ils se nourrissaient de mon sang, bien fluide grâce à la perfusion d'anticoagulants.

Ces moustiques ne pouvaient donc pas mourir d'embolie pulmonaire, et je cherchai sans cesse d'autres façons de les exterminer. Je ne pouvais, hélas, pas les planter avec ma lance comme ces saletés de cafards. Michel m'avait apporté une bombe, mais l'odeur m'asphyxiait totalement. Les petits serpentins ronds que l'on faisait brûler aussi. Les huiles pour le corps à la citronnelle censées repousser ces vampires géants semblaient leur plaire énormément. Quant aux petites plaquettes qu'on mettait dans les prises, elles ne leur faisaient aucun effet.

Il me fallait vivre avec eux, et surtout ne pas gratter les immondes boutons qu'ils me faisaient sur tout le corps.

Une nouvelle infirmière vint se présenter. Elle était caldoche, grande et brune, et se prénommait Sylvie. Je m'inquiétai de Vanolee, mais Sylvie me dit que c'était son jour de repos. Elle était très bavarde, et en cinq minutes je sus qu'elle avait trente-quatre ans, un mari qui travaillait dans l'industrie pharmaceutique, un petit garçon prénommé Thomas, une maison pas loin des plages. Je ne pouvais que répondre : « Ah oui, ah bon ! » Puis finalement juste « Ah », et puis je finis par ne plus répondre du tout tant ce long monologue m'épuisait. Après la prise de tension, on en était déjà arrivées aux problèmes qu'elle rencontrait avec sa belle-mère, et je remerciai Dieu de ne pas avoir créé une semaine pleine de dimanches pour ne pas devoir supporter ces logorrhées plus souvent. Soudain, alors qu'elle était en pleine conversation avec elle-même, à propos du métier de son frère, je crois, et que je pensais à mes moustiques, je lui demandai si elle n'avait pas des boules Quies. Elle s'arrêta net et s'exclama :

– Oh, je vous ennuie avec mes histoires !

Je réalisai alors que, vu le contexte, ma demande pouvait en effet porter à confusion.

Je m'en excusai immédiatement, très gênée, et lui dis que non, il ne s'agissait absolument pas de ça, mais que je désirais faire une petite sieste, ayant très mal dormi dans la nuit, et que je ne voulais plus être dérangée par les moustiques.

– Mais, répondit-elle très justement, ne plus les entendre ne les empêchera pas de vous piquer.

– Peut-être, répondis-je, mais je me demande si les entendre ne me dérange pas plus que leurs piqûres. Car être piqué est une chose très désagréable, mais être prévenu qu'on va l'être l'est encore davantage !

Elle me regarda bizarrement et mes dernières paroles mirent fin à son interminable monologue. Et elle sortit en disant :

– Je vais voir ce que je peux faire.

Et c'est ainsi que je pus, grâce aux boules Quies qu'elle me dégota, faire une sieste divine, dont je me réveillai piquée, certes, mais reposée.

Michel était venu me voir pendant mon sommeil, il n'avait pas voulu me déranger, il avait laissé un petit paquet avec des pâtisseries et un mot : « Ma sirène, je suis passé t'apporter des douceurs, et comme tu dormais bien, je n'ai pas voulu te réveiller. On dirait encore plus une enfant quand tu dors... Je dois partir parce qu'aujourd'hui je participe à une course de voitures. Je ne passerai peut-être pas ce soir, je rentrerai sans doute tard. Je t'embrasse fort. Michel. »

J'étais un peu déçue, mais je me dis que je le verrai avec encore plus de plaisir le lendemain. Et je passai le reste de la journée dans un demi-sommeil, à regarder n'importe quoi à la télé, en exterminant quelques cafards pendant les pubs…

Ce dimanche n'en finit pas. C'est bizarre, rien n'est vraiment différent aujourd'hui dans l'hôpital, à part le nouveau personnel. Il n'y a pas moins d'animation que d'habitude à cet étage quasi désert, mais on sent que c'est dimanche, il y a une sale ambiance de dimanche, c'est indescriptible, c'est dans l'atmosphère. Je déteste les dimanches, que ce soit à Lyon, à Paris ou à l'autre bout de la Terre.

Si je m'en sors, je boycotterais les dimanches, et j'en serais enfin débarrassée ! Même mon cerveau est en dimanche, je n'arrive pas à lire ni à écrire d'ailleurs. Je vais planter quelques cafards…

D'ailleurs, peut-être que je ne devrais pas m'acharner autant sur ces pauvres bestioles. Je ne crois pas à la réincarnation, mais si je meurs là, il se peut que je sois punie, et que je me retrouve réincarnée en cafard ! Si ça se trouve, tous mes crimes vont me donner un mauvais karma, et je reviendrais dans ma nouvelle vie en rampant lamentablement sur les murs de cet hôpital !

Bon, je vais plutôt lire Marc Aurèle, ce sera mieux pour mon karma : « Fouille en dedans. C'est en dedans qu'est la source du bien et elle peut jaillir sans cesse si tu fouilles toujours. » OK… Je vais fouiller. Mais il va falloir fouiller très profond alors, et même creuser à coups de Caterpillar !

Aliki aussi fut remplacé. Par un autre monsieur kanak qui apporta pour le dîner une cuisse de poulet desséchée accompagnée de pommes de terre non moins rabougries. Il était sympathique, lui aussi, et tenta de m'allécher en soulevant le petit couvercle supposé garder la nourriture au chaud. (En fait, tout était toujours froid…)

– Et voilà, dit-il, ravi, aujourd'hui c'est dimanche, il y a un bon dîner. Et un dessert spécial !

En effet, une sorte de tarte aux fruits indéfinissables se planquait timidement sous une feuille de menthe dans une minuscule assiette.

– Puis-je vous poser une question ?

– Mais bien sûr, mademoiselle.

– Est-ce que des gens mangent ça ?

– Comment ?

– Est-ce que vous avez déjà constaté que des gens mangeaient ces plateaux-repas ?

Il eut l'air confus, il me regarda un instant, puis il finit par lâcher :

– Franchement ?

– Oui, franchement.

– J'ai vu un patient en manger un entièrement une fois, et on l'a sauvé de justesse. Heureusement qu'il était déjà à l'hôpital !

Je ne m'attendais pas à cette réponse, et j'éclatai de rire. Le monsieur avait l'air assez satisfait de sa blague, et il sortit en me lançant :

– Bon dimanche, mademoiselle ! Et bon appétit !

Chapitre neuf

Lundi 31 juillet. Huitième jour d'hôpital

La vache, aujourd'hui c'est le jour de la nouvelle phlébographie ! J'en ai fait des cauchemars toute la nuit. Le Gainsbourg s'approchait lentement de moi avec un air sadique et une énorme seringue d'au moins un mètre de long. Il avait un atroce rire sardonique qui résonnait dans mes oreilles. Et au moment où il allait piquer ma jambe, un cafard géant a surgi pour lui dévorer la tête. Je me suis réveillée en hurlant.

Je partis très tôt. À peine Aliki eut-il le temps de m'apporter un de ces atroces plateaux que déjà on me soulevait pour me mettre dans un lit roulant en direction de la salle des tortures. En chemin, je croisai dans le couloir Vanolee qui m'annonça, ravie, la venue de l'électricien pour la sonnette dans la matinée. Je lui répondis par un rire moqueur. Le Gainsbourg m'attendait avec sa tête affligée et sa blouse blanche, il tenta un sourire en me voyant, mais le rata.

Curieusement, je n'eus presque pas mal cette fois-ci. Le Gainsbourg piqua pile dans la veine du premier coup (trop fort, le gars, quand même...), on m'injecta le liquide et on me fit la radio. Tout cela se passa relativement vite, si bien que je n'eus le temps de poser aucune question, questions qui de toute façon restaient la plupart du temps sans réponses. Le Gainsbourg disparut, puis réapparut peu de temps après avec la mine encore plus défaite qu'à l'accoutumée. Il tenait une radio dans la main, et me la brandit sous le nez. Il me montra des choses incompréhensibles avec le doigt.

– Bon, vous voyez là, cria-t-il, presque énervé, ça, c'est la veine cave, là, l'aorte, le cœur, et la veine iliaque est ici. Eh bien, vous voyez, là, au niveau de la veine cave, c'est bouché ! C'est encore bouché !

– Oui, lui répondis-je, cette fois-ci bien décidée à ne pas me laisser impressionner. Et alors, que voulez-vous que j'y fasse, ce n'est pas moi qui la bouche exprès pour vous embêter, cette veine !

Il réalisa le ridicule de la situation, et se reprit.

– Heu... Oui... pardon... Ce que je voulais dire, c'est que... je n'y comprends toujours rien. Je dois l'avouer. Mais tout porte à croire que...

– Que quoi ?

– Eh bien, le sang passe forcément ailleurs, sinon vous ne seriez plus en vie. Ailleurs, mais où ?

– Oui, où, je vous le demande...

– Mais je ne sais pas ! Par un autre réseau. Ah, si seulement on avait un foutu scanner.

– Ils en ont à Paris, peut-être que vous devriez me laisser rentrer...

– Non, non, pas pour le moment, c'est trop risqué, avec l'avion. Je ne sais pas. On vous garde encore ici.

– Ah, ah, en fait, vous ne pouvez plus vous passer de moi, c'est pour ça que vous refusez tout le temps de me laisser partir !

Il me regarda en écarquillant soudain ses yeux de taupe généralement cachés sous d'épais sourcils jamais débroussaillés.

– Oui…, finit-il par dire, ce doit être pour ça…

Et il me fit cette fois-ci un vrai sourire très réussi.

Miracle, lorsque je revins dans ma chambre, je croisai de nouveau Vanolee qui m'annonça que l'électricien était bien passé pendant mon examen. Je n'en revenais pas. Aussitôt dans mon lit, je m'empressai d'appuyer sur le petit bouton, et Vanolee apparut presque dans l'instant.

– Ça marche !!! hurlai-je.

– Mais oui, je te l'ai dit qu'il était passé.

– Qu'il soit passé est une chose, mais que ça marche après son passage en est une autre.

Elle repartit, et j'appuyai de nouveau sur la sonnette. Elle revint.

– Qu'y a-t-il ?

– Rien, je voulais savoir si ça marchait vraiment, et si la première fois n'avait pas été juste un coup de chance.

– Méfie-toi, la prochaine fois je ne viendrai pas, et ce ne sera pas la faute de la sonnette !

Ma délicieuse Vanolee, « l'adorée »

Je n'avais pas touché au plateau-repas même si je mourais de faim. Je me disais que Michel allait m'apporter des tas de choses délicieuses, et j'attendais... Mais il ne vint pas à l'heure du déjeuner. Je finis par m'endormir, et à mon réveil il n'était toujours pas passé. Je me dis qu'il pourrait parfaitement disparaître de ma vie, comme ça sans prévenir, car dans le fond il ne me devait rien. Cette pensée me fit un mal fou, et je la chassai immédiatement de mon esprit. Non, cet homme n'aurait pas fait tout cela pour m'abandonner maintenant, ce serait absurde. Et en même temps, tout était absurde dans cette histoire, depuis le début, alors pourquoi pas...

J'attendis. Toute la journée. Je ne pouvais rien faire d'autre qu'attendre. Plus rien n'avait de sens à mes yeux. Je regardais la porte dans l'espoir qu'elle s'ouvrît, et elle s'ouvrait parfois, mais ce n'était jamais Michel qui entrait. L'attente empêchait toute autre action, elle envahissait totalement mon cerveau. Elle rendait chaque son plus précis, le bruit du vent, une porte qui claque, des pas dans le couloir. Tous mes sens étaient en alerte, et il me sembla aussi sentir un effluve du parfum de Michel, mais ce n'était qu'une illusion.

Le soir, il n'était toujours pas venu. Je finis un reste de croissant pour échapper au plateau-repas. J'essayais bien de lire un peu, mais seuls mes yeux avançaient sur la page, pas mon cerveau. « Le temps de la vie de l'homme : un instant. Son âme : un tourbillon. Sa réputation : une vague opinion. Sa vie est une guerre. Qu'est-ce donc qui peut nous aider ? La philosophie. Et la philosophie consiste en ceci : à veiller à ce que le génie qui est en nous reste sans outrage et sans dommage, et soit au-dessus des plaisirs et des peines », Marc Aurèle. Je relus la phrase plusieurs fois avant de la comprendre tout à fait. La philosophie ne m'aidait pas vraiment.

Et le génie qui était en moi n'était pas au-dessus des peines, il était en pleine panique à l'idée de ne jamais revoir Michel.

Il était mon seul lien avec l'extérieur et la seule personne qui me ramenait au monde réel, et je me rendais compte à quel point il était indispensable à ma survie !

De guerre lasse, je finis par m'endormir, et mon sommeil fut peuplé de cauchemars odieux durant lesquels je tombais dans des puits sans fond, je sombrais dans les ténèbres.

Dans la nuit, je me réveillai en nage. Ma chemise était trempée, mon lit aussi, et j'avais du mal à respirer. J'appuyai sur le petit bouton, et Patricia arriva.

– Qu'est-ce qui se passe ? demanda-t-elle, déjà agacée.

– J'ai très chaud, couinai-je.

– C'est normal, il fait 35 degrés et il n'y a pas de clim. Autre chose ?

– Mais j'ai vraiment très chaud, ce n'est pas comme les autres nuits.

Elle prit ma température en soupirant, avec un thermomètre qu'elle me colla sous le bras. Elle attendit le temps nécessaire sans me dire un mot, puis reprit le thermomètre et l'observa.

– Ah, quand même ! fit-elle, avec une horrible moue. 39. Vous avez de la fièvre.

– Oui, c'est bien ce que je disais.

– Bizarre… Bon, je vais vous chercher un Doliprane.

– Mais pourquoi j'ai de la fièvre ? demandai-je, soudain effrayée.

– Mais je n'en sais rien, moi. Je vais vous apporter un Doliprane.

Mon cœur battait très vite. Je me disais évidemment que je faisais une nouvelle embolie, que le caillot avait finalement décidé de monter, que j'étais foutue. Et du coup, j'eus encore plus de mal à respirer. Lorsqu'elle revint, je sanglotais.

– Ah, mais non ! dit-elle, décidément sans aucune empathie. Vous n'allez pas pleurer maintenant ! Buvez ça !

Et elle me tendit un verre d'eau avec un cachet.

– Mais je fais peut-être une nouvelle embolie ! pleurnichai-je.

– Je ne sais pas, vous verrez le docteur demain.

– Mais je ne peux pas le voir demain si je meurs cette nuit !

– Mais je ne sais pas quoi vous dire, moi, je suis infirmière, pas devin. Buvez déjà ça, et on verra demain.

– Pourquoi vous faites ce métier ? l'interrogeai-je soudain, totalement désinhibée par la fièvre.

– Pardon ?

– Oui, pourquoi vous faites ce métier ? Vous êtes obligée ? Parce qu'apparemment vous n'aimez pas beaucoup soigner les gens.

– Quoi ?

– Ben oui. Vous êtes odieuse en fait. Pas du tout réconfortante. Et le métier d'infirmière, c'est de soigner, d'accord, mais aussi de réconforter les patients. Et vous, vous vous en foutez complètement.

– Quoi ???

– Oui, vous ne nous aimez pas dans le fond. Moi j'ai vingt-cinq ans, je vais peut-être crever là, toute seule, loin de ma famille, et vous, vous en avez rien à foutre, vous faites à peine votre travail, en me montrant bien que ça vous fait chier, alors si c'est comme ça, foutez-moi la paix, laissez-moi crever tranquille, et cassez-vous. Parce que la dernière chose que j'ai envie de voir si je crève cette nuit, c'est votre tronche !!!

Elle resta complètement interdite.

– Mais…, dit-elle.

Et puis c'était tout. La seule chose qu'elle avait trouvé à dire, c'était : « Mais ! »

– Cassez-vous ! criai-je. Laissez-moi crever tranquille !!! Je veux plus vous voir !

Et comme elle ne bougeait toujours pas, j'insistai :

– Mais cassez-vous, je vous dis, vous êtes sourde ou quoi ! Vous ne servez à rien là, alors tirez-vous ! Maintenant !!!

Elle finit par partir. Je me mis à pleurer à chaudes larmes contre mon oreiller, avec des hoquets. Un jeune médecin blond arriva peu après. Il était très doux, et souriant, ce qui m'encouragea à pleurer de plus belle.

– Allons, allons, me dit-il. Mais qu'est-ce qui se passe ? Ne vous mettez pas dans un état pareil pour de la fièvre !

– Ce n'est pas n'importe quelle fièvre ! rétorquai-je. C'est sûrement une fièvre d'embolie !

Il prit ma température et ne fut pas ravi du résultat.

– 39,5°... C'est pas mal de fièvre, en effet. Est-ce que vous avez mal quelque part ?

– Oui, partout.

– Est-ce que vous êtes oppressée ? Une sensation d'étouffement ?

– Oui, oui, j'étouffe, j'étouffe ! Au secours !

– Mal de tête ?

– Oh oui, terriblement.

– Écoutez, on va attendre un peu, on verra l'effet du Doliprane. Je ne peux pas faire de diagnostic pour le moment. Je repasse dans une demi-heure, d'accord ?

– Non ! Ne me laissez pas !

– Bon, je reviens au plus vite. En attendant, calmez-vous. Il y a peu de chances pour que ce soit une nouvelle embolie, la température est trop élevée. En même temps, il ne faut écarter aucun risque. Essayez de vous rendormir, je reviens, promis.

– Promis ? j'ai marmonné, les yeux à moitié fermés et le cerveau complètement anesthésié.

– Promis, répondit-il en me prenant la main.

Et il disparut.

Lorsqu'il revint, je mourais de froid. Je claquais des dents sous mon drap que j'avais relevé jusqu'au menton. Il prit de nouveau ma température. J'avais plus de 40°.

– C'est assez inquiétant, me confia-t-il, effectivement inquiet. Mais… Je ne crois pas à une deuxième embolie. Vous êtes sous anticoagulants, et même si le caillot s'était dissous, il ne provoquerait pas d'embolie puisque la veine est bouchée depuis longtemps. Non, je pense plutôt que c'est… la dengue.

– La quoi ? demandai-je entre deux claquements de dents.

– La dengue. C'est une maladie qui se transmet par des piqûres de moustiques. C'est assez courant ici. En même temps, vous ne seriez vraiment pas chanceuse !

– Ne me sous-estimez pas, essayai-je de plaisanter. Il y a de grandes chances pour que ce soit la dengue. Qu'est-ce qui va m'arriver ?

– Pas grand-chose, à part que vous allez avoir de la fièvre pendant plusieurs jours. Beaucoup de fièvre. Parfois ça dégénère en… mais non, juste de la fièvre, et puis ça va passer.

– En quoi ?

– En rien. Tout va bien se passer. Je vais vous faire une prise de sang, on aura le résultat des analyses demain, et on aura sûrement la confirmation de mon diagnostic. Je vais dire à Patricia de bien s'occuper de vous.

– Ah non ! Non, ça ira, merci, je n'ai besoin de rien, tout va bien, c'est rien, juste une petite dengue de rien du tout, et puis j'ai l'habitude des dingues, je gère sans problème.

Il eut l'air perplexe et sortit en me disant :

– Je vais quand même la prévenir.

Ça tapait dans mes tempes comme si j'avais une grosse caisse dans la tête, mon corps se tendait, se recroquevillait, se tordait, me brûlait. Il faisait –10° à l'intérieur, et 50° à l'extérieur. J'avais des pensées fulgurantes, je voyais des formes bouger dans la chambre, j'entendais des bruits, des voix. Je croyais que Michel était revenu, mais il n'y avait personne. Et je sombrais dans un semi-coma. Je rêvais qu'une main apaisante me caressait le front, passait un linge humide sur mon visage. Qu'on me redressait la tête pour me faire boire. Qu'on prenait ma tension, mon pouls. J'entendais murmurer près de moi. Une voix douce. Je n'arrivais plus à ouvrir les yeux. Et ce froid, ce froid qui me prenait tout entière, ce froid en moi comme un animal sauvage, qui dévorait mes entrailles, me cisaillait les chairs, et piquait mon corps de mille aiguilles. Encore une main sur mon front. Une couverture que l'on étendait sur mon lit. Et puis plus rien, une chute libre dans le noir de la nuit, le noir absolu, sans issue, pour toujours.

Je me réveillai vers sept heures, complètement groggy. La fièvre avait sans doute un peu baissé. J'étais seule dans la chambre. Il y avait bien une couverture sur mon lit. J'appuyai sur le petit bouton. Vanolee apparut.

– Vanolee, ça va pas du tout ! pleurnichai-je. J'ai la dengue ! J'ai eu beaucoup de fièvre !

– Je sais, dit-elle. Patricia t'a veillée jusqu'au petit matin. Elle est restée près de toi toute la nuit.

– Quoi ? Patricia ? Mais c'est impossible…

– Si, si. Elle avait l'air très inquiète quand je l'ai croisée ce matin pour prendre la relève. Elle m'a même demandé de l'appeler dans la journée pour lui donner de tes nouvelles, ce qui n'arrive absolument jamais !

– Quoi ? Mais je croyais que… Bon… Enfin, ça va un peu mieux, là.

– Et on a les résultats des analyses, c'est bien la dengue. Il faudra être patiente. Profiter de moments d'accalmie pour manger un peu, et surtout pour boire beaucoup. La fièvre va revenir, et les Doliprane ne sont pas toujours très efficaces.

Et elle me tendit une petite compote de pommes avec une cuillère.

– Mais ça dure combien de temps, la dengue ?

– Ça dépend. De deux à sept jours…

– Sept jours comme ça ! Ah non, je ne survivrai pas.

– Ou deux jours… Ça dépend si c'est une dengue sévère ou non. Il faut manger un peu…

– Je ne peux pas, j'ai très envie de vomir.

– Oui, ça peut arriver aussi. Je vais mettre une petite bassine près du lit. Quand tu te sentiras de manger quelque chose, tu m'appelleras. Je suppose que ce n'est pas la peine de t'apporter le plateau-repas maintenant ?

– Tu supposes bien.

– Je vais plutôt te donner du thé avec du sucre, ça va t'aider.

Je n'arrivais pas à boire le thé, je ne pouvais rien avaler. Mon corps était totalement endolori, en dehors et en dedans. Et j'avais horriblement mal derrière les yeux. Si j'essayais de les garder ouverts, c'était atroce. Fermés, c'était pire. Je ne savais quelle position adopter, et je me contorsionnais dans tous les sens. Soudain, je sentis la fièvre monter de nouveau. Comme une grande vague de froid, elle vint m'immerger tout entière, et je me mis à couler à pic. J'avais des crampes terribles dans les jambes, dans le ventre, et je me tordais de douleur en hurlant :

– Je vais crever, je vais crever !

Mais Vanolee avait l'habitude de m'entendre dire cela, et elle n'en faisait plus cas.

Je la voyais, de mes yeux embrumés, à mon chevet, observer, impuissante, cet affligeant spectacle. Elle finit par me laisser.

Puis arriva le moment où ma mâchoire se mit à vivre une vie totalement indépendante. Elle montait et descendait de haut en bas sans que je puisse la contrôler. J'essayais de dire des mots, pour voir, mais impossible d'articuler quoi que ce soit.

Mon corps tremblait incroyablement, comme s'il était en proie à un parkinson géant. Je réussis à appuyer sur le bouton, ce qui ne m'était pas facile vu que mes bras ne m'obéissaient plus non plus, pour prévenir Vanolee, qui accourut. Je tentai de lui dire quelque chose. Sans doute : « Je vais crever. » Mais je ne pus y parvenir. Elle disparut subitement, et réapparut presque immédiatement avec le Gainsbourg. Ou alors peut-être avais-je aussi perdu la notion du temps…

– Oui… Oui, inquiétant.

Je l'entendais vaguement, comme s'il parlait à travers du coton.

– C'est une crise convulsive fébrile… Oui… Il faut faire une piqûre. Détendre les muscles…

Au mot « piqûre », mon corps se raidit, et je protestai. Je voulus dire « Non, non ! », mais je ne pus émettre qu'une sorte de grognement.

Deux secondes plus tard, je me retrouvai avec une seringue dans les fesses, et je sombrai de nouveau dans le brouillard.

Je me réveillai, en début d'après-midi, dans une vraie piscine. Tout était absolument trempé, on aurait pu nous essorer ensemble, le lit et moi. J'avais moins mal, et l'impression de ne plus peser qu'une vingtaine de kilos (ce qui était peut-être le cas, en fait). Près de moi, assise sur une chaise, je distinguais une silhouette floue. Celle d'un homme. Avec une moustache ! Michel ! Il était revenu ! Je tendis une main vers lui en murmurant son nom.

– Bonjour, ma sirène ! dit-il d'une voix triste. Ne parle pas, ne te fatigue pas, je suis là maintenant.

– Mais tu étais où ?

– On a eu un gros problème au boulot, ça m'a pris toute la journée et une partie de la soirée. Après je me suis dit qu'il était peut-être un peu trop tard pour passer. Et j'ai laissé un message en bas, à l'accueil. Ils ne te l'ont pas donné ?

– Mais non...

– Oh, les idiots ! Je suis désolé ! Tu as dû croire que j'avais disparu ! Je suis désolé !

– J'ai la dengue.

– Je sais, ma sirène, je sais. Quelles saloperies ces moustiques ! Ne t'inquiète pas, je l'ai déjà eue moi aussi. On s'en remet. Mais c'est dur... Je vais vite te chercher du thé, tu dois boire beaucoup de thé.

– Non, ne pars pas !

– Mais je reviens, ma sirène, je reviens. Je ne te quitte plus, je reviens.

Je ne pouvais plus faire un geste. Non pas que mon corps me fît mal, non, mais le moindre mouvement me demandait un effort incommensurable. Michel revint avec le thé que je bus à petites lampées, comme un chat. J'étais réduite à l'état animal, je ne pouvais presque plus parler, et je restais roulée en boule, de peur qu'en allongeant mes jambes, la douleur ne revienne.

Nous restâmes longtemps comme ça, je crois, moi en chien de fusil, lui assis sur la chaise. Il me parlait, me racontait ses courses automobiles, et sa voix faisait comme une musique qui m'endormait un peu.

Et la fièvre revint. Tout aussi forte que le matin. D'un coup, elle me submergea, je perdis tout repère, elle me donnait le tournis, la nausée, elle réduisait mon corps à un morceau de souffrance, elle le pliait en deux, le rompait, le brisait. Je pleurais, je gémissais, et je parlais aussi, d'une voix atone, je disais que je voyais des gens sortir du mur. Enfin, c'est Michel qui me l'a appris après. Je ne me souviens pas de grand-chose en vérité, seulement de cette sensation d'anéantissement absolu, de disparition totale dans les bras de la fièvre, qui m'enveloppaient entièrement jusqu'à m'étouffer.

Michel demeura près de moi une bonne partie de la nuit. Il tentait de me faire boire de temps à autre, je parvenais parfois à avaler une ou deux gorgées, mais les nausées reprenaient alors, et mon corps refusait tout contact avec quoi que ce soit. Même ma chemise de nuit me brûlait. Je voulais l'arracher, et j'aurais aussi voulu m'arracher la peau qui me piquait de toute part, comme si elle avait été frottée par un silex et laissée à vif. Mais, heureusement, je ne fis plus de convulsion. Je finis par m'endormir au petit matin, et Michel rentra prendre une douche avant d'aller au travail.

Il fallait attendre six heures entre chaque Doliprane. Le but était de faire la course avec la fièvre, pour qu'elle ne réapparût pas de façon trop violente avant le cachet suivant. Au fur et à mesure que la maladie s'installait, je devenais experte à ce petit jeu. Dès que je la sentais revenir (ou plutôt pousser un sprint, car la fièvre ne me quittait jamais tout à fait durant cette période), je me déshabillais presque entièrement, je demandais des linges frais que je me collais sur le front, la poitrine, les bras. Je grelottais, mais ça empêchait cette saleté de grimper trop vite, jusqu'au prochain Doliprane salvateur. Je regardais le réveil que Michel m'avait apporté. Lorsqu'il n'était pas encore l'heure du cachet, les aiguilles avançaient si lentement ! Je me disais, parfois tout haut pour me donner de la force : « Encore une heure, tiens bon ! Pense à autre chose, évade-toi, cours dans les champs, nage dans les lagons, respire, détends ton corps. » Et plus il se crispait, plus je lui parlais : « Calme, calme, respire, obéis-moi, c'est moi qui commande, pas toi, tu fais ce que je te dis ! »

Et je respirais fort, je fermais les yeux ou bien je fixais mon palmier qui se trémoussait gentiment au gré du vent, et mon esprit finissait par s'évader, et il réussissait parfois à s'enfuir par la fenêtre pour aller se balancer au sommet d'une palme.

Méditation. Détachement. Marc Aurèle aurait été fier de moi.

Cette dengue aventure dura cinq jours. Disons trois jours vraiment dingues, et les deux derniers un peu moins fous. Elle me laissa totalement épuisée, et plus maigre que jamais.

– Ma sirène est devenue un tout petit poisson ! dit Michel qui me couvrait de victuailles, dont la plupart me faisaient envie, mais que j'avais peine à avaler car je devais me réhabituer en douceur à manger normalement.

Je picorais des fruits exotiques, des mangues et des papayes, et je buvais du bout des lèvres des jus aux couleurs du soleil. Et je laissais le vrai soleil caresser de nouveau ma peau. Sa présence dans la chambre m'avait été insupportable tant que dura la maladie. Mais nos retrouvailles furent très joyeuses. Je me blottissais dans le creux de ses rayons, me lovais dans sa lumière, m'étirais dans sa chaleur des heures durant.

Et je réalisais alors que le bonheur, ça pouvait être juste de ne plus avoir mal.

Chapitre dix

Dimanche 6 août. Quatorzième jour d'hôpital

Je n'ai pas écrit mon journal depuis six jours, je ne pouvais pas tenir un crayon, parce que j'ai eu la dengue. En fait, ça se prononce « dingue ». Et ça porte bien son nom. C'est complètement dingue, on a l'impression de passer sous un rouleau compresseur, une fièvre de dingue, un mal de ventre, de dos, de tout, de dingue, et on ne peut rien manger ni boire, ni rien faire d'ailleurs. La fièvre est montée jusqu'à 41°, paraît-il. C'est dingue ! Heureusement qu'il y avait Vanolee et Michel. Même l'horrible Patricia est devenue sympa ! Peut-être que mon petit coup de gueule lui a remis les idées en place… Je n'ai pas beaucoup vu Aliki, par contre. Il passait vite fait de temps à autre pour voir comment j'allais, mais il ne s'est pas aventuré à me coller un de ses plateaux-repas sous le nez. Rien que le fait de les voir aurait sûrement fait grimper la température jusqu'à 42° !

Mais je m'en suis sortie. Très maigre et faible, mais en vie. Je vais vraiment finir par croire Michel quand il dit que je suis une warrior *!*

C'était un dimanche, certes, mais je ne m'étais pas ennuyée une seconde. Parce que j'avais eu de la visite. Cathy, la grande fille rousse et élancée qui faisait partie de la « bande » des amis de Michel. Elle arriva après ma sieste, vers quinze heures, avec des religieuses au chocolat et au café (je ne pouvais toujours pas manger normalement, mais je grignotai tout de même le petit chapeau de la religieuse au chocolat). Cette fille était vraiment jolie, bronzée évidemment, un sourire magnifique, des vêtements colorés. On aurait dit qu'elle sortait tout droit d'une carte postale : « Bons baisers de Nouméa ! »

Je la remerciai d'être là, alors qu'elle avait sûrement mieux à faire un dimanche après-midi.

– Pas vraiment, me dit-elle. Tu sais, on imagine des tas de choses sur les gens qui vivent ici, mais ce n'est pas toujours le paradis. Bien sûr, il y a les plages, des paysages magnifiques, mais il y a la routine aussi, comme partout, et puis Nouméa, c'est petit en fait, tout le monde sait tout sur tout le monde, c'est pénible. On tourne vite en rond, c'est assez oppressant. Et puis il y a quand même pas mal de racisme entre Kanaks, Caldoches et Zoreilles, les Blancs qui ne sont pas nés ici, mais qui sont venus s'y installer. Ça se ressent moins en ville, souvent on travaille ensemble, mais en campagne et dans les petites îles, énormément. Moi, je n'ai jamais été tout à fait à l'aise avec ça. Je descends des colons, et ça, je ne l'ai pas choisi. Une vraie Caldoche ! Il faut assumer. Tu vois, plein de gens rêvent d'être à ma place, mais ce n'est pas toujours facile de vivre ici. Et puis… je m'ennuie un peu ici. J'aimerais tant aller à Paris !

– Tu n'y es jamais allée ?

– Si, une fois avec mes parents, j'avais quinze ans. J'étais émerveillée ! Mais le voyage coûte si cher ! Et moi, je ne gagne pas des mille et des cents. Je suis secrétaire médicale dans un cabinet, j'ai de quoi me payer un petit appartement près des plages, de quoi manger et sortir un peu, et puis c'est tout. C'est comment ta vie à Paris ?

– Oh, moi, je n'y suis que depuis trois ans. Avant j'habitais Lyon, mais c'était mon rêve à moi aussi d'aller à Paris. Mais pour le moment, ce n'est pas évident... J'étais élève dans un cours de théâtre, et j'ai enchaîné les petits boulots pour me payer un studio.

– Tu faisais quoi ?

– Ah, ah ! Tout et n'importe quoi ! J'ai travaillé un peu pour des architectes, parce que j'ai passé un diplôme d'architecte d'intérieur à Lyon. Je faisais leurs plans quand ils prenaient du retard, « charrette », comme ils disent. Pendant deux ans, j'ai vendu tous les matins des tissus de luxe dans un magasin italien très connu à Saint-Germain-des-Prés, chez *Rubelli*. J'ai aussi fait de la figuration dans des films, et j'ai été coiffeuse et maquilleuse pour les copains des cours, et puis les mercredis et les week-ends, j'ai été clown à domicile.

– Clown à domicile ! Mais ça consiste en quoi ?

– Ben, tu t'habilles en clown, tu vas chez des gens, et puis tu fais le clown.

Elle éclata de rire.

– Tu vois, rien que d'en parler, ça fait rire, la preuve que ça marche ! Non, mais c'est un boulot sérieux en fait. Tu es inscrit dans une agence qui t'envoie chez des particuliers, pour des goûters d'enfants la plupart du temps, et toi, tu dois les divertir, les occuper, leur faire faire des jeux. Et je te promets que, quand tu as vingt gamins hurlant à canaliser pendant trois heures, c'est pas de la tarte. C'est épuisant !

– Je veux bien te croire ! Moi, j'aimerais bien avoir des enfants...

– Moi aussi...

– Toi, tu as le temps. Mais moi, j'ai trente-deux ans.

– Mais c'est jeune, trente-deux ans !

– Oui, mais je n'ai pas d'amoureux. C'est pas facile de trouver un garçon sérieux ici. Les gars de mon âge ne pensent qu'à faire la fête, et ceux qui ne font pas la fête sont déjà casés depuis longtemps.

– Mais non, mais tu dois avoir l'embarras du choix, tu es tellement jolie, on dirait une fée.

– Merci, mais... Ne crois pas... L'embarras du choix pour batifoler, oui, mais pour ce qui est de s'engager...

– Ah, ben, je vois que les garçons sont les mêmes partout...

– Ils sont les mêmes partout parce que les filles sont les mêmes partout aussi ! dit Michel qui entra dans la chambre et qui venait d'entendre la fin de notre conversation par la porte restée ouverte.

« Pour faire un peu courant d'air », disaient les infirmières, mais il n'y avait pas plus d'air avec la porte ouverte.

– Ah, Michel ! dis-je. Tu tombes à pic ! Cathy ne trouve pas de garçon sérieux sur cette île, tu pourrais peut-être l'aider à en dégoter un ! Ah, mais pourquoi pas toi, d'ailleurs, tu m'as tout l'air d'être un garçon sérieux !

Il y eut un grand silence. Michel et Cathy se regardèrent, et puis ils baissèrent tous les deux les yeux en même temps. Je compris que j'avais fait une grosse gaffe.

– Michel est mon ex, dit Cathy. Et c'est justement mon ex parce qu'il n'était pas si sérieux que ça.

Nouveau silence. Je cherchai un truc drôle à dire, mais rien ne me vint.

Michel brandit alors des bananes en hurlant trop fort :

– J'ai apporté des fruits !!!

Nouveau silence. Cathy se leva.

– Bon, je vais vous laisser, j'y vais.

– Mais non, Cathy, dis-je, vraiment embarrassée. Reste, voyons, je suis désolée.

– Ne le sois pas. C'est de l'histoire ancienne. On est copains maintenant. Non, je dois vraiment y aller, je dois retrouver des amis sur une plage, je suis juste passée en coup de vent te voir, parce que j'imagine à quel point ça doit être dur pour toi d'être coincée toute seule ici. Je reviendrai !

– J'y compte bien. Je te raconterai Paris.

– Oh oui !

Et elle se pencha pour m'embrasser sur une joue. Elle sentait le monoï, le sable, la mer, le vent, la liberté. Lorsqu'elle se redressa, je vis ses longs cheveux briller dans le soleil, et entourer son ravissant visage d'un halo lumineux. Puis elle disparut.

– Bon, j'ai gaffé ! dis-je immédiatement à Michel pour que le malaise ne persiste pas davantage.

– Mais non, tu ne pouvais pas savoir.

– Tu veux me raconter ?

– Il n'y a rien à dire. C'était il y a un an, une relation très sympa, et puis j'ai merdé...

– Une autre femme ?

– Plusieurs...

Et sa moustache frétilla.

– Bon, ben, je la comprends. Comme homme sérieux, on fait mieux.

– Mais j'ai changé !

– Alors retente ta chance avec elle !

– Non, non. On est amis, maintenant. Voilà.

– Mais toi, tu es tout seul aussi, tu devrais...

– Stop ! Moi, je suis très bien comme ça. À part que... mes enfants me manquent beaucoup. Et sinon, pour les histoires d'amour, j'ai raté le coche une ou deux fois, mais maintenant je suis bien, alors parlons d'autre chose. Toi, par exemple. Tu n'as pas un petit ami à Paris ?

– J'avais...

– Et il est où ? Il sait que tu es à l'hôpital ?

– Je ne crois pas, non.

– Et tu le regrettes, ce petit ami ?

– Non... Je ne sais pas...

– Si tu dis que tu ne sais pas, c'est que c'est oui ! Écris-lui. Explique-lui ce qui t'arrive.

– Peut-être, oui...

– Au fait, j'ai eu tes parents ce matin, comme tous les jours. Je les ai rassurés. Je leur avais dit pour la dengue, tu sais, mais j'ai un peu minimisé, évidemment. Par exemple, je ne leur ai pas raconté que tu hurlais parce que tu pensais que le plafond allait t'écraser.

– J'ai fait ça ?

– Une nuit, oui... Mais pas celle où tu criais que le lit te dévorait.

– Oh mon Dieu, c'était vraiment grave ! Je ne me rappelle pas tout ça.

– Heureusement. Ça devait être effrayant. Déjà, moi, rien qu'à t'écouter, j'avais les jetons.

– Et ma mère ne t'a rien dit ? Enfin, elle n'a pas parlé d'une éventuelle venue ?

– Heu... Non... Elle pense que tu vas bientôt rentrer.

– Qu'est-ce qui peut lui faire croire une chose pareille ? Si ça se trouve, je vais encore rester là un mois, deux mois, je vais faire ma vie ici en fait.

– Très bonne idée ! Tu vas trop me manquer si tu t'en vas.

– Allons, allons, tu te consoleras avec toutes tes femmes.

– Toutes les femmes ne sont pas des sirènes...

Je lui souris, un peu gênée...

Je vais bientôt m'endormir. Je me rends compte que je n'ai pas continué la liste des regrets et des envies.

Si je m'en sors, je voyagerais beaucoup. J'irais dans des pays où il y a la mer, l'océan, où je pourrais me baigner dans des eaux limpides.

Et je reviendrais ici, et je couvrirais Michel et ses amis de cadeaux.

Lundi 7 août. Quinzième jour d'hôpital

« La sérénité est l'art de se passer de l'assistance d'autrui », Marc Aurèle. Bon, c'est clair, je ne suis pas du tout sereine, car sans l'assistance d'autrui, je serais totalement foutue. C'est dingue de réaliser à quel point je dépends de tous les gens qui m'entourent ici. J'apprécie leur bienveillance, je me raccroche à leurs gestes, à leurs sourires, à chacune de leurs paroles. À part le Gainsbourg, que j'aimerais bien ne plus voir. Il a débarqué ce matin avec sa tronche de Gainsbourg (en fait, je ne devrais pas l'appeler comme ça, j'adore Gainsbourg à qui je trouve un charme fou, alors que ce médecin me fait plutôt froid dans le dos). Il a grommelé quelque chose qui semblait vouloir dire bonjour, et puis il m'a annoncé, avec un air dépité, ce qui était censé être une bonne nouvelle :

une chambre, « avec tout le confort », s'est enfin libérée en bas, et elle est pour moi. J'ai voulu protester, mais il ne m'en a pas laissé le temps. Il a dit : « Quant à votre embolie, on refera une phlébographie dans quelques jours, pour voir. » Il était évident qu'il pensait que cela ne servirait à rien, et qu'il anticipait déjà le moment où il allait m'avouer encore une fois, en me brandissant sa radio sous le nez : « Je n'y comprends rien ! »

Regret : avoir laissé cet idiot sortir de ma chambre sans avoir eu le courage de lui dire de ne plus jamais revenir si c'était pour me faire une gueule pareille !

Effectivement, une chambre s'était libérée au premier étage. Vanolee arriva en faisant semblant d'être ravie. Pourtant, l'idée de ne plus s'occuper de moi lui faisait de la peine, bien que je sois une patiente quelque peu perturbante. Et moi non plus je ne voulais pas me séparer d'elle. Ni d'Aliki. Ni de mon palmier, qui m'appartenait à présent, puisque je l'avais baptisé. Et je ne voyais finalement que des avantages à être à cet étage des laissés-pour-compte : j'avais une totale liberté, je recevais qui je voulais quand je voulais, et je m'étais habituée aux cafards qui se laissaient massacrer avec grâce, résignation et dignité. Pas question de déménager ! Je demandai à Vanolee de rappeler le Gainsbourg. Ce qu'elle s'empressa de faire, soulagée que je désire rester à cet étage. Il revint, encore plus affligé qu'auparavant, ce qui pouvait paraître impossible, mais il réservait décidément bien des surprises.

– Qu'y a-t-il encore ? demanda-t-il en insistant sur le « encore ».

– Il y a que je ne veux pas quitter cette chambre.

– Ah oui ? Et pourquoi ?

– Parce que… parce que je m'y sens bien, voilà, j'ai trouvé mes marques, je me sens chez moi ici, et puis j'ai sympathisé avec le personnel, et j'ai mon palmier ! Et puis je suis fragile psychologiquement, et ce serait encore un trop grand choc pour moi si on me changeait de lieu.

– Mais l'autre chambre est mieux. Il y a une vraie télé et un téléphone.

– Mais j'ai déjà une vraie télé, et je n'ai pas besoin de téléphone, je suis tranquille sans téléphone.

Il passa la main sur son visage comme s'il voulait en effacer son expression morne, mais non, lorsqu'il retira la main, il avait toujours la même tête d'enterrement.

– Vous êtes vraiment bizarre, vous, dit-il d'une voix lasse. Je ne comprends pas. Bon, restez ici si ça vous chante, vous ferez un heureux, il y a d'autres gens qui attendent pour des chambres.

– Génial ! m'exclamai-je. Merci docteur !

Et il sortit en courbant davantage le dos et en me lançant un dernier regard perplexe.

Aliki entra avec un plateau, et je fis exprès d'être enthousiaste à l'idée de manger ce qu'il y avait dessus (nous avions un petit jeu charmant entre nous).

– Bonjour, mademoiselle Sagesse ! claironna-t-il.

– Bonjour, monseigneur Aliki. Alors, qu'est-ce que vous m'apportez de bon aujourd'hui ? Hum ! Mais que vois-je ! Un poisson pané à peine décongelé, même pas pêché ici, et qui a dû faire des milliers de kilomètres pour atterrir dans cette assiette !

– Oui ! dit Aliki plein d'entrain. Et avec des carottes rabougries en plus ! Et des petits pois secs ! Le fromage est merveilleusement moisi, quant au dessert, je vous laisse découvrir par vous-même ce qu'il y a dans la petite barquette !

– Je m'en régale d'avance !

Je soulevai le couvercle en plastique.

– Oh ! Non ! Une poire restée en conserve depuis dix ans nappée d'un sirop verdâtre plein de colorants cancérigènes ! J'en rêvais ! Merci monseigneur !

– Mais c'est un plaisir, mademoiselle Sagesse. Que ne ferais-je pas pour vous ?

Et il repartit avec le plateau, et je mangeai un bon sandwich préparé par Michel. Je mesurais ainsi chaque jour ma chance d'échapper à la salmonellose ou toute autre maladie du genre intoxication alimentaire, ce qui n'aurait certainement pas manqué de m'arriver si j'avais avalé quoi que ce soit proposé dans cet hôpital.

Chapitre onze

Mardi 8 août. Seizième jour d'hôpital

Ce matin, Michel est passé très tôt me voir avant d'aller travailler. Il avait une bonne nouvelle à m'annoncer : il venait de parler avec ma mère, et elle lui a dit qu'elle viendrait à Nouméa ! Je me suis mise à hurler tellement fort que Patricia est accourue, pensant que je mourrais encore. Mais non, je hurlais de joie, bien sûr, et Patricia, qui est de plus en plus sympa, a eu l'air très heureuse pour moi lorsque je lui ai dit la raison de mon excitation.

– Je m'occuperai de tout, dit Michel. Elle viendra chez moi, évidemment, et je pourrai même lui faire visiter le coin.

– Sans moi ? protestai-je en feignant une bouderie.

– Mais avec toi si tu es sortie ! D'ailleurs, j'ai parlé avec ton médecin que j'ai croisé dans le couloir, le Gainsbourg, comme tu l'appelles.

– Et alors ?

– Alors il est complètement paumé, ce type. Il ne sait rien, il ne veut prendre aucun risque, il se plaint toujours de ne pas avoir de scanner. Il faudrait qu'on réussisse à remettre le dossier à un autre docteur. Mais malheureusement, je n'en connais pas. Tu n'en as pas rencontré d'autres ?

– Non. Il y a ce petit blond mignon qui fait parfois les nuits, mais c'est un interne. Remarque, si ça se trouve, il est plus dégourdi que le Gainsbourg. Il avait tout de suite vu que j'avais la dengue.

– Je vais me renseigner. Si au moins ils te laissaient sortir ! Tu pourrais prendre des anticoagulants par voie orale, et tu viendrais te reposer à la maison.

– J'en rêve !

– Bon, en attendant, ta mère va venir, et ça, c'est déjà une excellente nouvelle. Et promis, si elle vient, elle ne sera rien qu'à toi et je ne l'accaparerai pas trop !

– Tu pourras l'emmener en boîte le soir, elle sera ravie !

– Non ?

– Bien sûr que non !

Je passai la journée à imaginer tout ce que je dirais à maman quand elle serait là. Je ne pensais pas lui raconter la dengue en détail, mais plutôt la faire rire avec la danse de Saint-Guy de Jean-Philippe. Et aussi l'histoire du bateau avec son père. Ma mère me manquait terriblement, et cela faisait une éternité que nous n'avions pas eu une vraie conversation, elle et moi. Je ne lui avais pas reparlé depuis l'épisode « tante Zette ». WhatsApp n'existait pas à l'époque… J'étais si impatiente de la revoir que je ne pus attendre, et j'eus envie de lui écrire une lettre. Ainsi, je commençais à me rapprocher d'elle avant de la retrouver. Mais je savais que la lettre ne lui parviendrait pas avant son départ de Lyon, j'envisageais donc de la lui donner à son arrivée à Nouméa.

Ma petite maman chérie,

Michel vient de me dire que tu allais venir me chercher, et je suis si heureuse ! J'attends cette nouvelle depuis que je suis dans cet hôpital. Inutile de te dire combien vous me manquez, papa et toi. En fait, tout me manque, et vous encore plus. Lorsqu'on m'a dit que j'allais certainement mourir, j'ai eu très peur, bien sûr, mais j'ai eu aussi beaucoup de peine pour vous, qui alliez devoir rester sur cette Terre avec votre chagrin. Cette idée m'a obsédée, d'ailleurs, jusqu'à ce que je me sente vraiment sortie d'affaire, car je vais m'en sortir, je le sais, j'en ai à présent la conviction. Évidemment, c'est absurde de t'écrire une lettre alors que je ne vais pas l'envoyer, mais te la donner. Mais tant pis, j'ai trop envie de te faire part de mes émotions maintenant, et je ne peux pas attendre de te voir. Tu as donc déjà découvert l'hôpital et ma chambre, puisque je t'ai remis cette lettre et que tu la lis. C'est glauque, n'est-ce pas ? J'avoue, je t'ai un peu menti sur les conditions dans lesquelles je vis ici. Pour ne pas t'inquiéter évidemment. D'ailleurs, tu sais, tu es si souvent anxieuse pour moi que je fais sans cesse mon possible pour que tu ne te tracasses pas davantage. Bon, cette fois-ci, c'était raté, avec le dernier coup de fil pour vous dire adieu… Niveau inquiétude, on était quand même au maximum. Mais bon, voilà, ça, c'est fait, et je vais tâcher de vous ménager un peu maintenant…

Tu as donc fait la connaissance de Michel. Quel personnage ! Il est formidable ! Il m'a vraiment sauvé la vie, et je lui en serai toujours reconnaissante. Il faudra qu'on l'invite à Lyon et qu'on « mette les petits plats dans les grands », comme tu dis quand tu reçois quelqu'un d'important.

Mais ce n'est pas demain la veille (encore une de tes expressions favorites !).

Peut-être que, s'ils me laissent sortir, on pourra rester à Nouméa un petit peu, toi et moi. Tu vas adorer. On ira chez Michel et je me reposerai. Ça va être génial !

Je suis si heureuse que tu sois là. Tu es la meilleure des mamans, et je savais que tu viendrais dès que possible. Tout va bien se passer à présent que tu es là !

Je t'aime.

Maman n'a jamais lu cette lettre.

Elle n'est pas venue.

Je l'ai déchirée de rage (la lettre pas ma mère, bien que j'en avais très envie) en tout petits morceaux que j'ai balancés par terre. Je m'en suis voulu après. Pas pour maman, mais pour la femme de ménage qui avait dû ramasser les bouts de papier.

J'étais sûre qu'elle viendrait, il ne pouvait pas en être autrement, la question ne se posait même pas, j'avais failli mourir à l'autre bout du monde, je me trouvais encore à l'hôpital, elle se devait de venir, voilà tout. Mais elle n'est pas venue.

J'avais passé quelques jours dans l'euphorie, pensant qu'elle serait bientôt là. J'imaginais qu'une fois maman présente, on me laisserait enfin sortir, et que je passerais des vacances formidables avec elle à Nouméa. Je rêvais...

Michel arriva un matin, la mine un peu contrite, pour me dire qu'il fallait que j'aille au bureau des infirmières du premier étage dans la soirée, car ma mère allait m'appeler. Je tentais d'avoir plus de détails, mais il ne voulait pas m'en dire davantage et partait assez rapidement pour son travail. À vingt heures, on m'a poussée dans le lit à roulettes jusqu'au bureau, et maman a appelé.

– Allô, ma minette !

– Oui, maman ! Alors, ça y est, tu as le billet ? Tu viens quand ?

– Heu… Écoute… ça va être compliqué, ma minette… J'ai beaucoup de travail à la galerie, et… ton père n'est pas très d'accord pour que je vienne. Il a peur qu'il m'arrive quelque chose, et puis… je peux pas le laisser seul, tu sais, il ne sait même pas se faire cuire un œuf, comment est-ce qu'il va se débrouiller sans moi ?

– Quoi ?

– Ma minette ? Tu m'entends ? Je ne vais pas venir. Mais je suis sûre que tu vas bientôt rentrer en France, Michel a été très rassurant ces derniers jours, il paraît que tu vas bien, que tu manges bien, que tu dors. Et puis ta jambe dégonfle, c'est bon signe. Je me suis renseignée avec Mondial assistance, il est possible qu'ils t'envoient quelqu'un.

– Quoi !!! Mais… Mais je pensais que… Tu ne viens vraiment pas alors ?

J'avais du mal à parler tout à coup.

– Mais je voulais… Enfin, je croyais qu'on allait aller toutes les deux chez Michel, qu'ils me laisseraient sortir, et qu'on allait… Enfin…

Et je me suis mise à pleurer.

– Mais non, mais ne pleure pas, ma minette, on va se voir bientôt, c'est sûr, on va te rapatrier.

– Mais quand ? Mais quand ???

– Je vais parler avec les médecins, on va s'arranger, je suis désolée, ma minette.

J'ai raccroché.

J'ai sangloté tout le long du trajet de retour dans ma chambre. Le jeune infirmier qui poussait le lit tentait de me réconforter, mais je n'entendais pas un mot de ce qu'il me disait. Michel m'attendait dans le vieux fauteuil. Il savait ce qu'allait m'annoncer ma mère, et il avait eu la délicatesse d'être là à mon retour. Je me mis à hurler, projetant toute ma rage sur lui, et il ne dit rien, il prit ma colère, ma hargne en pleine face sans réagir, en me regardant gentiment, un peu avec pitié.

– Je ne comprends pas pourquoi elle ne vient pas ! Ce n'est pas normal ! Elle devrait même être déjà là !!! C'est incroyable ! (*Pleurs.*) Mais qu'est-ce que j'ai bien pu faire pour mériter ça, hein ? Je ne leur ai rien fait, à mes parents, je m'attendais à ce qu'ils soient plus… Enfin, plus… parents, quoi ! (*Mouchage.*) Je ne comprends pas ! Il ne sait pas se faire cuire un œuf, mon père ! Mais il n'est pas handicapé à ce que je sache ! Et qu'il y aille, d'ailleurs, se faire cuire un œuf ! Et même se faire une omelette ! Et qu'il aille aussi se faire voir chez les Grecs par la même occasion, mais qu'il foute un peu la paix à ma mère, qu'il lui lâche la grappe, et qu'elle vienne, merde !

– Tu sais… Ta maman pense que tu vas bientôt rentrer et…

– Mais comment peut-elle penser ça, personne ne sait si je vais bientôt rentrer, même pas le Gainsbourg qui me regarde comme une poule qui aurait pondu un tire-bouchon ! Personne ! Si ça se trouve, je vais finir ma vie ici, avec la dengue, à regarder un palmier en bouffant du bougnat de roussette !

– Mais non, ma sirène, tu vas de mieux en mieux, tu vas finir par partir, c'est sûr. À moins que… tu ne décides de rester… avec moi…

– Mais jamais de la vie, je…

Je m'interrompis tout à coup, en réalisant ce que je venais d'entendre.

– Quoi ?

– Quoi « quoi » ?

– Tu as dit quoi là ?

– Non, c'est toi qui as dit « quoi ».

– Non, j'avais cru entendre...

Michel parut tout à coup très gêné. Il se mit à regarder partout sauf dans ma direction.

– Tu as entendu... que tu allais bientôt rentrer. J'ai parlé avec ta maman, elle a contacté ton assurance, Mondial assistance, ils vont sûrement t'envoyer un médecin de France, et il te ramènera à Paris, et puis tu iras à l'hôpital à Lyon, ne t'inquiète pas, ça va s'arranger très vite maintenant.

– Mais bien sûr ! Un gentil médecin va surgir tel Zorro pour venir me sauver, on partira sur son beau cheval et tout ira pour le mieux !

Michel était abattu. J'aurais dû le ménager. Mais j'étais trop contrariée pour être douce.

Jeudi 12 août. Vingtième jour d'hôpital

Je n'ai pas écrit depuis quelques jours parce que j'étais très en colère, et tout ce qui me venait était les mots « merde », « putain », ainsi que « fait chier ». Même Aliki n'a pas réussi à me faire rire avec ses blagues sur la nourriture. Je ne parle même plus au palmier, c'est débile de parler à un palmier, qui ne m'entend même pas, d'ailleurs, vu qu'il y a une vitre entre nous ! Michel est venu, bien sûr, il m'a apporté des bouquins que je n'arrive pas à lire. Dès que je finis une phrase, je me demande ce que je viens de lire et je dois la relire. Plus rien ne m'intéresse, ni vivre, ni mourir, ni rien de rien. Je ne m'inquiète même plus de savoir quand viendra le médecin français, ni s'il viendra un jour, je vais croupir là, dans ce lit, sans que personne ne s'en soucie, personne, même pas mes propres PARENTS !!!! C'est dingue ! Michel a beau me dire que maman n'arrête pas de l'appeler pour lui demander comment je vais, je m'en fous. Je vais mal !!! Et je serais ravie qu'elle en soit mise au courant, pour la faire bien culpabiliser. Merde, putain, fait chier !

« Les effets de la colère sont beaucoup plus graves que les causes », Marc Aurèle.

Fait chier aussi, Marc Aurèle !

Moi qui m'étais tant battue pour vivre, je n'avais plus envie de rien. C'était comme si une montagne m'était tombée dessus. Après avoir dépensé tellement d'énergie à garder un mental d'acier malgré la peur terrible et les doutes, je lâchai l'affaire. Je me recroquevillai, abandonnée. J'avais été abandonnée avant ce voyage par le garçon que j'aimais éperdument, et voilà que je l'étais à présent par mes propres parents ! Je ne voyais désormais aucune raison de survivre à cela.

Michel s'inquiétait. Il m'apportait toujours de bonnes choses à manger, mais je les goûtais à peine. Et évidemment, je maigrissais encore. La dengue m'avait déjà laissée exsangue, l'abandon allait me laisser squelettique. Et désespérée. Même le Gainsbourg avait l'air plus joyeux que moi. D'ailleurs, il s'inquiétait, lui aussi, et tenta à plusieurs reprises de me parler d'un proche rapatriement, ce à quoi je répondais par un haussement d'épaules. De toute façon, je voyais bien que lui-même n'y croyait pas vraiment…

Et puis Michel arriva avec son sourire, sa moustache au taquet et une corbeille de fruits. Et il me dit une chose surprenante : un certain Nicolas avait appelé mes parents pour avoir de mes nouvelles, et il était désormais au courant de ma situation. Il était très inquiet et voulait me parler. Ma mère lui aurait donné le numéro de l'hôpital.

Je restai un instant interloquée. L'ex-homme de ma vie se souciait donc encore de moi…

Je ne sus comment réagir, mais je crois bien que mon cœur avait fait un bond si haut que Michel aurait pu le voir sortir de ma poitrine. Je ne montrai rien.

– Ah…, dis-je, sur un ton on ne peut plus désinvolte. Très bien, merci de me mettre au courant. Je m'en fiche en fait… Ça n'a plus aucune importance. Tu m'as apporté des fruits ?

– Ah, ça fait plaisir, tu t'intéresses à ma nourriture ! J'ai apporté des fruits exotiques comme tu les aimes.

– Il y a des fruits de la passion ?

– Plein !

– Tu peux m'en ouvrir un, s'il te plaît ?

– Mais bien sûr, ma sirène. Il faut absolument que tu manges ! Tiens, celui-là, il est bien gros et bien mûr, il doit être tout juteux.

– Michel… Pourquoi tu es si gentil avec moi comme ça ?

– Mais… Tu m'as déjà posé cette question, et il me semble t'avoir répondu : parce que je t'ai sauvé la vie, et parce que je veille sur toi. Et puis… j'ai plus personne à m'occuper maintenant…

– C'est comme une sorte de devoir, en fait…

– Mais non, oui… Enfin, pas que, évidemment ! C'est aussi parce que j'aime te voir, et que tu mérites qu'on soit gentil avec toi.

– Tu crois ?

– Mais bien sûr, ma sirène.

– Alors pourquoi tout le monde m'abandonne ?

Et je me mis à pleurer.

– Mais non, mais personne ne t'abandonne, voyons !

Il s'assit sur le lit et me prit dans ses bras. Il me parla tout doucement, comme à un enfant.

– Tu sais, il ne faut pas en vouloir à ta maman, elle t'aime, ta maman, et ton papa aussi, il t'aime. Ils sont très inquiets pour toi. Ils font tout pour que tu retournes à Lyon, je t'assure. Ça doit être tellement dur pour eux...

Il regarda par la fenêtre.

– Il est joli, ton palmier. Comment tu l'appelles déjà ?

– Djatoua.

– Ah oui, c'est joli... Ce Nicolas... Tu l'aimes encore ?

– Je... Je sais pas... On a failli avoir un enfant.

– Ah bon ? Un enfant ? Mais c'est toi l'enfant !

– Mais non ! Là, j'ai l'air d'une enfant parce que je suis perdue et que j'arrête pas de chialer, et ça m'énerve, d'ailleurs ! Mais non, cet enfant, moi, je voulais le garder, mais Nicolas... Enfin, il n'était pas prêt et il... il est parti...

– Oui, je peux comprendre... Vous étiez jeunes... Et tu lui en veux...

– Ben oui. Enfin, je lui en ai beaucoup voulu. Mais maintenant... je ne sais pas...

– Il te manque ?

– Tout me manque ! Enfin, je veux dire...

Je lui pris la main, de peur de l'avoir froissé.

– Heureusement que tu es là !

– Mais c'est bien normal que tout te manque. Mais tu dois tenir le coup, parce que tu vas bientôt retrouver ta vie d'avant, j'en suis sûr. Et tu vas devenir comédienne et auteure comme tu le veux tant, j'en suis sûr aussi. Tu sais, peut-être que tu devais vivre cette épreuve pour te rendre compte de certaines choses.

– De quoi ?

– De ce que tu veux vraiment faire de ta vie. Il y a beaucoup de gens qui ne réalisent pas qu'ils vont mourir un jour, ils ne veulent pas y penser, ils se croient éternels, alors ils font n'importe quoi, ils gaspillent leur temps et leur énergie dans des choses qui ne leur conviennent pas, ils ne savent pas ce qu'ils veulent vraiment au fond, ils ne se posent pas assez de questions. Ils ne se connaissent pas bien en fait. Et peut-être que tu étais comme ça, toi aussi. Dans l'errance. Mais maintenant, avec ce qui t'est arrivé, tu as pris conscience de beaucoup de choses, de l'essentiel. Et tu as aussi appris beaucoup sur toi : que tu es courageuse, que tu as de la volonté, que tu as une force de vie incroyable. Et tu vas t'en sortir grandie, c'est sûr, et ensuite tu ne te perdras pas en chemin, tu sauras où aller, et tu mesureras la chance que tu as d'être en vie, et alors les petits problèmes auront moins d'importance. Tu auras cette supériorité, tu auras conscience de la valeur des choses, de l'instant. Et tu seras heureuse, c'est sûr, avec ou sans Nicolas. Tu seras heureuse et fière de toi, ma sirène.

Et j'ai re-pleuré.

En fin d'après-midi, Vanolee est venue avec un message de la standardiste. Nicolas a téléphoné. Il a dit qu'il pensait beaucoup à moi et qu'il était très triste de me savoir dans cette situation. Il demande régulièrement des nouvelles à mes parents…

De nouveau, le cœur qui monte et qui descend à toute vitesse. Il faut qu'il arrête de donner des nouvelles, celui-là, sinon, c'est pas l'embolie qui me tuera, mais la crise cardiaque. Vanolee m'a demandé si je voulais qu'elle m'emmène téléphoner, j'ai répondu que non. Je n'ai pas envie de lui parler. Je ne saurai pas quoi lui dire : « Oui, j'ai failli mourir, non, je ne suis pas morte, et toi, quoi de neuf ? » Et puis l'idée qu'il me croie encore mourante à l'autre bout du monde me plaît beaucoup. C'est tellement romanesque ! J'espère qu'il se fait un souci monstre, qu'il culpabilise, qu'il n'en dort plus. Bien fait ! Si nous étions restés ensemble, rien de tout cela ne serait arrivé. Tout est de sa faute, en fait.

Connard !

Chapitre douze

Vendredi 13 août. Vingt et unième jour d'hôpital

Ah, voilà, vendredi 13 ! Je suis superstitieuse. Si ça se trouve, je vais crever aujourd'hui. Ou alors il va encore m'arriver des trucs incroyables, une nouvelle maladie, la zinzin, la délirante, ou la peste, le choléra, la scarlatine ! Chaque fois que la porte s'ouvre, je m'attends à ce qu'on m'annonce une nouvelle catastrophe : l'hôpital brûle, il y a un tremblement de terre, une tornade, un typhon… Mais non, pour le moment, tout est calme. Les deux ouragans m'ont fait ma toilette, on a changé mes draps, mon petit palmier danse tranquillement au gré du vent, il fait beau, Aliki est adorable, Vanolee aussi (elle m'a d'ailleurs apporté des petits beignets de crevettes qu'elle a cuisinés hier). Mais la journée n'est pas terminée…

Je tentai de tuer un gros cafard qui faisait la sieste près de la porte. Il était fort laid, avec de longues antennes et un air sournois, et il ne bougeait pas depuis un moment. Je fermai un œil pour mieux viser, et je pris de l'élan avec le bras pour le percer avec ma lance. C'est à ce moment précis que le

Gainsbourg entra. Et la lance passa à quelques centimètres de son visage.

– Ah ! cria-t-il. Ça va pas, non ? Vous devenez de plus en plus dangereuse, vous ! Vous retournez à l'état sauvage ou quoi ?

– Oh, pardon ! Je... Je suis désolée... C'est ce cafard... Il me nargue !

Le Gainsbourg regarda à gauche et à droite, mais la bête avait pris peur et s'était enfuie.

– Bon... Je viens vous annoncer une bonne nouvelle.

Il avait sa tête de d'habitude, et on aurait plutôt dit qu'il venait me faire part d'un décès.

– Voilà, votre mère a contacté Mondial assistance, et ils se sont enfin décidés à vous envoyer un médecin de métropole. Il sera là dans quelques jours.

– Quoi !!! Ça veut dire que je peux partir !?

– Oui, je ne crois pas qu'il vienne d'aussi loin pour faire une partie de pêche. Vous repartirez avec lui dès que possible.

– Mais alors... L'avion... Je ne crains plus rien ?

– Je ne sais pas. Je ne peux pas répondre formellement à cette question. Mais bon, les anticoagulants font effet, votre jambe a un peu dégonflé, vous êtes vivante, et on ne peut pas vous garder éternellement ici. Alors disons que tout va bien se passer et que vous irez dans un hôpital à Lyon. Là on vous fera un scanner et on verra où en est votre veine cave... C'est tout ce que je peux vous dire.

– Mais c'est formidable ! Merci docteur, merci !

– Mais ne me remerciez pas, je n'y suis pour rien, c'est une chance que vous ayez pris une bonne assurance avant de partir. Bonne journée, mademoiselle.

Je n'en revenais pas. J'allais rentrer ! J'allais quitter l'hôpital ! Je m'acharnai sur la sonnette et Vanolee apparut.

– Vanolee, je m'en vais ! Je vais partir ! Je vais rentrer chez moi ! Je vais partir !

– Oh, mais c'est merveilleux, ma petite mignonne ! Tu dois être tellement heureuse ! Et dire que tu n'as même pas goûté à mes frites de patates douces ! Je vais t'en faire ce soir !

– Ah, mais on a encore le temps ! Le docteur n'arrivera pas avant plusieurs jours, et on ne repartira peut-être pas tout de suite.

– C'est Michel qui va être triste, dit-elle avec un petit sourire en coin.

– Heu... Oui... Mais moi aussi je vais être triste de le quitter. Et vous tous aussi. Vous êtes si gentils.

– Tu vas nous manquer. Mais je suis très heureuse pour toi.

Moi aussi je l'étais. Mais ce bonheur se mélangeait à une peur sournoise, sous-jacente, qui restait tapie au fond de moi, une angoisse presque inavouable : je me demandai comment j'allais faire pour revivre. Enfin, pour affronter la vie, me battre, rester debout, retourner à Paris, seule. Car j'avais été totalement assistée depuis presque un mois. On s'occupait de moi comme d'une enfant gâtée, j'avais été aimée, rassurée, protégée. Et malgré toutes les épreuves traversées dans cet hôpital, j'avais vécu quelque chose de confortable, de l'ordre du retour à la petite enfance, lorsque l'on n'est pas encore autonome et que la famille s'occupe de vous. Il me faudrait bientôt être vaillante, et retrouver le courage de vivre pour de vrai. Et comme toujours, je doutais de moi...

J'attendis Michel toute la journée. J'étais évidemment impatiente de lui annoncer la nouvelle, et un peu anxieuse aussi. Je savais qu'il allait être heureux pour moi, mais pas que…

Il arriva après son travail, vers dix-huit heures. Il semblait très en forme et se mit à me parler de sa prochaine course de voitures sans discontinuer, ne me laissant pas une seconde pour placer un mot. Lorsqu'il eut enfin terminé et qu'il se décida à s'asseoir dans le vieux fauteuil, je dis :

– Michel… je vais rentrer en métropole.

– Mais j'espère bien, ma sirène !

– Non, mais là, bientôt… On va m'envoyer un médecin de Mondial assistance cette semaine.

– Quoi ?

Il se mit à sourire de toute sa bouche, un sourire incroyable qui lui mangea d'un coup tout le visage et fit presque disparaître ses yeux. Mais ce sourire resta figé, et Michel se mit à parler sans s'en départir, ce qui l'empêchait de bien articuler.

– Tu… Tu vas rentrer bientôt ! Mais c'est formidable, ça ! C'est formidable ! Quelle bonne nouvelle ! Et moi qui redoute les vendredis 13 !

– Ah, toi aussi…

– Mais c'est formidable, ça, c'est formidable !

Il répétait ces mots, toujours avec ce sourire devenu étrange, si bien que je crus qu'il allait rester bloqué comme ça.

– Oui, oui, formidable… Je suis très heureuse.

Et puis, d'un coup, le sourire s'affaissa dans une grimace à peine dissimulée par la moustache, qui semblait elle aussi être descendue jusqu'au bas du menton.

– Je… Heu… Je ne m'y attendais pas. Quelle nouvelle alors ! Il faut… Il faut qu'on fête ça, hein ! Je vais prévenir les copains, et… Et on apportera du champagne… Et tu pourras en boire une petite coupe, hein, une nouvelle pareille, tu penses… C'est formidable…

– Michel, toi aussi tu vas me manquer tu sais…

– Oh, allons, allons, tu m'oublieras vite, ma sirène, tu vas avoir plein de choses à faire, à raconter, ça va être un vrai tourbillon, ton retour, et puis tu ne voudras plus repenser à toute cette histoire.

– Mais tu plaisantes ! Je ne t'oublierai jamais, jamais ! Sans toi je ne serais pas là, je serais morte sous mon palmier, dévorée par des poissons-pierres, ou par les Japonais !

Et il se mit à rire de son rire magnifique, et ce rire n'en finissait pas, et il le fit durer encore pour y engloutir une petite larme qui tentait de s'échapper.

Samedi 14 août. Vingt-deuxième jour d'hôpital

Je vais rentrer, je vais rentrer, je vais rentrer, je vais rentrer !!!!!!!!

Je n'avais pas dormi de la nuit tant j'étais excitée par cette nouvelle. J'allais rentrer ! Maintenant que je savais mon départ proche, je n'avais plus qu'une idée : profiter de tout ce que je ne retrouverais sans doute jamais. L'amitié de Michel, la bienveillance du personnel, le temps de lire, d'écrire tranquillement. Il me semblait que même le Gainsbourg me manquerait, lui aussi. Et mon palmier ! Pour le garder en mémoire, je me mis à le dessiner.

Djatoua le nez au vent

Parce que j'avais retrouvé le moral, me venait de nouveau l'envie de faire mille choses. Je débordais soudain d'énergie, et bien que toujours alitée, j'avais l'impression de m'agiter dans tous les sens.

J'écrivis frénétiquement dans mon journal, pour m'assurer de ne rien oublier de cette aventure. Je dressai aussi la liste de toutes mes envies.

Les premières choses que je vais faire en arrivant à Lyon :

– serrer mes parents dans mes bras, évidemment (bien que j'en veuille encore un peu à ma mère...) ;

– fumer une cigarette (voire plusieurs) ;

– manger une glace chocolat chantilly (voire plusieurs) ;

– aller chez le coiffeur, et chez une esthéticienne me faire épiler la jambe gauche (et pas la droite vu qu'elle risque de rester encore enrubannée pour un bon moment dans ces bandes couleur chair pour mémés. Et puis ce sera plus économique...) ;

– appeler tous mes amis pour leur dire que je ne suis pas morte (mais à part mes amis très proches à qui j'avais écrit des lettres et qui prenaient des nouvelles auprès de mes parents, les autres n'étaient pas au courant de ma situation) ;

– aller danser (sur une seule jambe si l'autre me fait toujours souffrir) ;

– boire plein d'alcool (même si je sais que cela m'est fortement déconseillé à cause des anticoagulants, mais bon, on ne vit qu'une fois...) ;

– trouver un nouveau mec (ce qui ne va pas être facile avec la jambe de mémé. Ce sera peut-être pour plus tard, donc je le raye de la colonne des choses à faire en arrivant et je le passe dans la colonne : résolutions pour ma vie).

Résolutions pour ma vie :

– rencontrer un garçon que j'aime et qui m'aime (malgré la jambe de mémé) ;

– ne pas rester à Lyon chez mes parents et retourner à Paris le plus vite possible (sinon je vais retomber en enfance ou/et je vais devenir un légume) ;

– trouver un appartement dans le Marais (mon quartier préféré) ;

– écrire des pièces, des sketchs ;

– les jouer ;

– devenir riche et célèbre ;

– avoir des enfants (plusieurs, mais pas toute seule, seulement après avoir réalisé le souhait numéro 1) ;

– voyager dans le monde entier.

Bon, je ne demande pas grand-chose finalement...

Dimanche 15 août. Vingt-troisième jour d'hôpital

Encore un dimanche, mais très joyeux cette fois-ci : on m'a annoncé que le médecin de l'assurance avait pris l'avion pour Nouméa ! Je n'arrive pas à le croire ! Ce n'était donc pas une blague ! Il va arriver demain après-midi, passera une nuit à l'hôtel, et nous repartirons après-demain ! Le pauvre type aura peu de temps pour se remettre de son voyage. Quoique, s'il reprend l'avion quelques heures après avoir atterri, il repartira pour vingt-sept heures jusqu'à Paris et du coup ne ressentira peut-être pas de décalage horaire après avoir refait le tour du monde dans l'autre sens ! Bon, j'écris n'importe quoi…

Comme à l'hôpital on savait que j'allais bientôt partir, on redoubla de gentillesse. Vanolee trouva le temps (qu'elle n'avait pas, avant de finir sa garde et rentrer chez elle) de me raconter son enfance dans un village, et comment lui était venu le désir de devenir infirmière : elle soignait ses frères casse-cou, puis leurs copains, et avait découvert que son sourire favorisait aussi beaucoup leur guérison…

La femme d'Aliki cuisina de nouveau pour moi son bougnat de roussette, et vint me l'apporter elle-même en fin de matinée, ce qui me donna l'occasion de rencontrer encore une délicieuse personne. Patricia, qui arriva en début d'après-midi, me confia qu'elle revenait d'une répétition car elle chantait dans une chorale depuis des années, et elle m'en donna la preuve avec un extrait de *Lacrimosa* du requiem de Mozart qui me laissa abasourdie. Lorsqu'elle chanta dans la petite chambre, le son de sa voix de soprane envahit immédiatement la pièce jusque dans les moindres recoins. Tout se mit à vibrer, et Mozart pénétra même sous le drap où je frissonnais de joie. Dans l'exercice de son art, Patricia ne se ressemblait plus du tout. Son visage las paraissait soudain reposé et joyeux, sa bouche, d'ordinaire pincée, se faisait ronde et voluptueuse, son double menton disparaissait pour laisser place à un cou tendu et volontaire, et son corps voûté se redressait jusqu'à la grandir de plusieurs centimètres. Le chant la rajeunissait…

Patricia dans l'exercice de son art.
Une nouvelle femme…

Toute la journée, Michel et ses amis défilèrent pour m'apporter d'ultimes cadeaux, des petits bracelets, des colliers, des coquillages. Cathy la fée me donna une ravissante bague couleur lagon ; Roger m'offrit un album photo avec des clichés du jour de notre rencontre sur l'îlot. On voyait la joyeuse bande prendre des poses absurdes dans l'eau, puis j'apparaissais parmi eux, avec un loup sur les yeux, un boa et un drôle de sourire. Je n'imaginais pas à ce moment-là tout ce qui allait m'arriver par la suite…

En fin de journée, lorsque je me retrouvai seule, je me livrai à ce que j'appelais la prénostalgie. En fait, j'étais tellement nostalgique et mélancolique de nature que je regrettais de ne plus avoir des choses que je possédais encore, de ne plus voir des gens que je voyais toujours... Je prenais bien conscience du moment présent, mais partant du principe qu'il ne durerait pas, je le regrettais avant d'avoir fini de le vivre. Puis je m'en voulais de ne pas le vivre avec insouciance, et de finalement gâcher le présent pour avoir anticipé le futur. Mais en même temps, je réalisais que justement, cette façon de penser me reliait encore plus au présent, car grâce à cette conscience, je vivais tout plus intensément.

Je me suis demandée si Marc Aurèle aurait été d'accord...

Ainsi, dans ma petite chambre que j'allais bientôt quitter, je regardai désormais ce qui m'entourait avec tendresse et émotion : ce vieux fauteuil défoncé dans lequel j'avais si souvent vu Michel s'asseoir, pour me raconter ses histoires, ou pour me veiller quand j'allais vraiment très mal. La table de nuit brinquebalante que l'on avait redressée avec un bout de papier sous un pied. Le vieux lino au sol, les murs jaunâtres et effrités. Même les cafards me semblaient tout à coup amicaux, et je cessai naturellement de les exterminer. Je ne pouvais pas les photographier, alors je les dessinai.

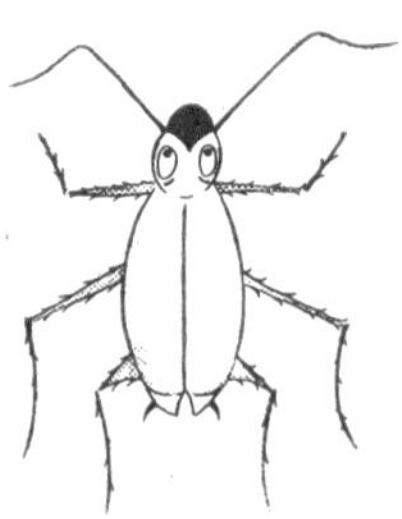

Un de mes compagnons de chambrée

Lorsque le Gainsbourg vint pour sa petite visite du soir, je l'accueillis avec l'attitude d'un chien qui ferait des fêtes à son maître. Excessivement joyeuse, je lui demandai de ses nouvelles, tout en lui proposant un des sublimes chocolats que l'on venait de m'offrir.

Il en fut un peu décontenancé, et prit tout de même le chocolat sans me regarder. Cet homme était timide en fait ! Il me dit dans un souffle qu'il était heureux que je rentre chez moi.

– Vous allez avoir enfin la paix. Le mystère du quatrième étage va disparaître.

– Mais je compte bien avoir de vos nouvelles dès votre retour à Lyon pour pouvoir l'élucider, ce mystère !

– Peut-être que je suis une extraterrestre, et que personne ne comprendra jamais.

– Peut-être… En tout cas, vous avez de délicieux chocolats sur votre planète, mademoiselle.

Et il m'offrit un adorable sourire accompagné d'un regard complice avant de s'éclipser.

Chapitre treize

Lundi 16 août. Vingt-quatrième jour d'hôpital

Le médecin devrait arriver en fin d'après-midi. J'espère qu'il viendra me voir avant notre départ demain. Le Gainsbourg m'a parlé d'un jeune médecin. C'est peut-être l'homme de ma vie ! Ce serait d'un romantique ! Je m'imagine déjà raconter l'histoire à mes amis : « J'étais mourante à l'autre bout du monde, et il est venu me sauver ! »

Pfff ! Décidément, je suis incorrigible…

Michel a débarqué très tôt ce matin avant d'aller au travail. Il fait le fanfaron, mais je sais qu'il est triste de me quitter. Et moi aussi. Peut-être que nous n'allons plus jamais nous revoir ? Ça me fait bizarre de penser que cet homme qui vient de partager mon quotidien, qui m'a vue souffrir, qui m'a tant aidée, pourrait disparaître soudain de ma vie. Finalement il me connaît peut-être mieux que la plupart de mes amis, avec qui je n'ai vécu que des moments d'insouciance…

Il veut organiser une petite fête clandestine ce soir, dans ma chambre, avec toute la bande. Je vais boire un verre de vin ! Zut, après tout, j'ai été extrêmement sage depuis des semaines, j'y ai droit ! Je suis surexcitée pour la fête, le départ, ma nouvelle vie !

J'ai intérêt à assurer et à réaliser tout ce que j'ai écrit dans le journal. Oh, la pression !!!

Dix-sept heures. Ça y est, je l'ai vu ! Le médecin parisien est arrivé dans ma chambre sans crier gare, sans même frapper à la porte (il faut dire qu'elle est tout le temps ouverte, en fait...). Tout d'abord, j'ai eu une agréable surprise : ce petit médecin est fort mignon. Il doit avoir la trentaine, yeux bleus, brun avec mèche, tee-shirt et jeans, pas grand, mais pas petit. Mon genre... Mais dès qu'il a ouvert la bouche, j'ai déchanté...

– Bonjour ! grogna-t-il, sans sourire et les mâchoires crispées.

Je mis d'abord ce premier contact un peu froid sur le compte du décalage horaire. Ce pauvre garçon devait être épuisé...

– Je suis le médecin qui vient de Paris, ajouta-t-il d'une voix atone. Vous êtes prête à partir ?

– Heu... Oui... Nous partons demain, c'est ça ?

– Oui, l'avion décolle à quatorze heures. J'aurais bien voulu repartir tout de suite, j'ai beaucoup de choses à faire à Paris... Mais je dois passer la nuit à l'hôtel, ce qui ne m'arrange pas des masses, mais bon, c'est comme ça... et en plus il faut que je me tape le voyage dans l'autre sens, vingt-sept heures d'avion quand même...

– Oui, enfin, en venant, vous deviez un peu vous douter qu'il faudrait repartir, non ?

Il n'eut pas l'air d'aimer ma réponse. Il resta un moment interdit et lança :

– Bon, je vais voir votre médecin pour récupérer votre dossier et je reviens.

– Au fait, moi, c'est Sophie.

– Oui, oui, je sais… Guillaume.

Et il s'éclipsa.

J'étais perplexe. Peut-être qu'il n'avait pas dormi durant le trajet et que ça l'avait mis de mauvaise humeur. Ou bien, ce qui était plus probable, on l'avait envoyé là contre son gré, et il m'en voulait d'être la cause d'un si long déplacement.

Peu de temps après notre chaleureuse rencontre, il revint.

– C'est bon, j'ai votre dossier. Je viens vous chercher demain vers onze heures. Soyez prête, avec tous vos bagages, hein, il ne s'agit pas de rater l'avion.

– Comme vous voyez, je n'ai qu'une valise, que j'ai à peine ouverte depuis que je suis là vu qu'il n'y a pas de placard dans cette chambre. Et je ne vais pas sortir tout ce qu'il y a dedans ce soir pour faire un défilé de mode dans les couloirs de l'hôpital, donc oui, il y a des chances pour que je sois prête demain à onze heures avec tous mes bagages !

Il commençait à m'énerver, celui-là !

Il me regarda avec ses yeux décidément d'un fort joli bleu, mais sans expression aucune, puis il se radoucit.

– Oui, heu… Bon… En tout cas, je viendrai vous chercher et on nous conduira à l'aéroport en ambulance. Bonne soirée, à demain.

Et il sortit rapidement de la chambre.

Je me demandai pourquoi on m'avait envoyé cette espèce d'autiste, et ce que j'avais fait pour avoir à faire vingt-sept heures d'avion en compagnie d'un tel rustre. Peut-être le Bon Dieu me punissait encore pour avoir refusé de le rencontrer.

Je me plaignis à Michel dès qu'il arriva.

– Il doit être fatigué, ce pauvre garçon. Demain ça ira mieux, tu verras.

– Je ne sais pas… Il me regarde assez mal en fait, on dirait qu'il m'en veut. Mais j'y suis pour rien, moi, il fait son boulot après tout, quand on travaille pour Mondial assistance, on doit s'attendre à sortir un peu de chez soi, non ?

– Tu as raison, ma sirène, mais ne t'en fais pas, il va se radoucir, personne ne peut résister à ta gentillesse.

Guillaume, ravi d'être venu

Vers vingt heures, tout le monde était là. Une bonne dizaine de personnes avec des bouteilles, des victuailles et… des pétards…

Cette fois-ci, j'avais carrément décidé de prévenir le personnel de l'hôpital : nous allions donner dans ma chambre une fête qui risquait de déborder un petit peu dans le couloir…

Vanolee sembla ravie et me confia qu'elle préparerait des acras, mais Patricia, fidèle à elle-même, affirma qu'il n'en était pas question. Ce qui ne contraria en rien nos plans.

Les convives se sont faufilés discrètement comme à l'accoutumée, et ont commencé à déballer la nourriture sur la table de la télé débarrassée pour l'occasion. Michel avait apporté une tonne de charcuterie, du champagne, des fruits. Les autres invités du vin, des chocolats, des gâteaux. Très vite, la petite chambre fut envahie, et on fit sauter des bouchons avec des cris de joie. Tous trinquèrent à ma santé, et j'eus droit à une coupe. Les bulles éclatèrent dans ma bouche comme un feu d'artifice, me piquèrent le nez et me remplirent d'allégresse. Je riais sans discontinuer, et je prenais des clichés fictifs de tous ces beaux visages bienveillants et heureux. Je ressentais une bouffée de joie profonde, un élan qui faisait vibrer tout mon être. La vie était devant moi, de nouveau belle, plus rien de mal ne pourrait m'arriver, je sortais victorieuse de cette épreuve, et jamais une fête n'avait eu autant de sens à mes yeux. Vanolee débarqua avec ses acras et tout le monde l'a applaudie.

Je savais que Patricia était dans le bureau des infirmiers, nous laissant tranquilles malgré ses réticences. J'ai demandé à Michel de bien vouloir aller la chercher. Il est revenu avec elle, et elle s'est approchée timidement de mon lit. Elle m'a alors tendu un petit cadeau avec un papier à fleurs et un joli ruban. C'était un disque que sa chorale avait enregistré quelques mois auparavant. Tout cela était très touchant, et après avoir ri aux éclats, je me mis à fondre en larmes. Peut-être qu'une seule coupe de champagne avait suffi à me rendre encore plus sensible…

Michel m'a serrée dans ses bras.

– Ne pleure pas, ma sirène, sinon moi aussi, je vais pleurer, et je vais avoir l'air ridicule devant les copains.

– Mais on s'en fout, moi, je pleure parce que je suis heureuse et triste, les deux se mélangent et c'est ma façon d'exprimer ma confusion.

– Mais moi aussi, je ressens un mélange de sentiments. Je te veux heureuse, je veux que tu retrouves ta vie d'avant, mais en même temps... comment dire... tu vas tellement me manquer... Je n'aurai plus personne sur qui veiller maintenant, et alors à quoi je vais servir, moi ?

Et il m'a serrée encore plus fort. Mais quelqu'un a allumé la radio, et tous les invités ont hurlé en même temps, avant de se trémousser sur une salsa endiablée. Michel m'a pris les mains et m'a fait bouger les bras au rythme de la musique, on pleurait, on riait, on était vivants, quoi ! Je sentais la fumée de l'herbe qui se propageait dans la chambre malgré la fenêtre ouverte, et il me sembla avoir fumé trois pétards à moi toute seule. C'était totalement euphorisant. C'est à ce moment-là qu'il entra. Je ne l'ai pas vu tout de suite, mais il se tenait là, tout droit pour une fois, dans l'embrasure de la porte, en jeans et chemise blanche, sans sa blouse.

Le Gainsbourg !!! À cause de la fumée et de la deuxième coupe de champagne, je me suis demandé si ce n'était pas une vue de l'esprit. Mais non, il était bien réel, et il souriait !

Il s'est approché de mon lit pour me saluer.

– Bonsoir, cher mystère.

– Ça alors ! Vous êtes là ! Mais comment... Qui vous a... Je n'aurais jamais cru...

– Tout se sait dans les hôpitaux. Surtout dans celui-ci, qui est un peu spécial, mais vous vous en êtes rendu compte, je crois.

– Absolument. Très spécial... Une petite coupe, docteur ?

– Mais avec joie. Je viens de finir mon service.

Et nous avons trinqué avec lui. C'était une situation assez surréaliste, comme si nous avions basculé dans une autre dimension, dans un monde où tous les gens seraient heureux, gentils et drôles ! Puis le gardien de nuit géant et roux est arrivé, de très bonne humeur lui aussi, et a commencé à siffler des bières sans que le Gainsbourg ou les infirmières s'en préoccupent. Ceux qui ne se connaissaient pas se parlaient, c'était de plus en plus chaleureux, Michel a exécuté sa danse avec des fruits, on tapait des mains, on vivait un moment insensé. Puis les gens sont partis petit à petit en me serrant dans leurs bras, m'embrassant, me laissant leurs adresses et numéros de téléphone sur mon cahier. On s'est promis de se revoir un jour, à Paris, Nouméa ou ailleurs, de se donner des nouvelles, on se souhaitait bonne chance. Tout cet amour d'un coup, c'était fort, ça m'a retourné le cœur et fait venir des larmes de nouveau. Michel est resté pour ranger, il a trouvé une fréquence de radio de jazz, j'affichais un sourire béat, un peu d'air entrait par la fenêtre, il faisait bon, c'était bien. Lorsque toutes traces de la fête avaient disparu, Michel s'est assis sur le lit. Il m'a pris la main.

– Bonne nuit, ma sirène.

– Je ne te dirai jamais assez merci pour tout ce que tu as fait pour moi.

– Je l'ai aussi fait pour moi. J'ai été heureux de m'occuper de toi. Et du coup, ça a remonté mon estime de moi.

– Tu avais besoin de t'occuper de quelqu'un pour remonter ton estime ?

– Disons qu'elle n'est pas toujours au plus haut et que ça a aidé.

– Tu es un type bien, Michel, et tu n'as pas besoin de te le prouver, ni à toi ni aux autres.

– Je vais m'ennuyer sans toi. C'était passionnant de côtoyer quelqu'un qui pensait mourir à chaque instant...

– Tu n'as qu'à retourner sur l'îlot, on ne sait jamais, peut-être que tu pêcheras un autre poisson...

– Pas une sirène comme toi, ça n'arrive qu'une fois, ça.

– Heureusement. Tu te lasserais de jouer au bon Samaritain... J'espère que tu trouveras quelqu'un de bien.

– J'espère que tu trouveras toi aussi. Mais je n'en doute pas.

Il s'est levé et a déposé un baiser sur mon front. Puis au moment de passer la porte, il est revenu près du lit et a dit :

– Ah, j'allais oublier !

Et il a sorti de sa poche une petite boîte entourée d'un ruban rose qu'il m'a tendue. À l'intérieur se trouvaient une chaîne et un pendentif en argent représentant une ravissante petite sirène.

– Comme ça tu penseras à moi.

– Je n'aurai pas besoin de ça.

Et il est parti.

Ma sirène

Mardi 17 août. Vingt-cinquième jour d'hôpital

Je n'ai encore pas dormi de la nuit ! L'excitation du départ sans doute, et peut-être aussi le champagne… J'ai fait une sorte de crise de tachycardie vers quatre heures du matin. Je n'ai pas vraiment paniqué, mais l'idée de la crise cardiaque m'a tout de même effleuré l'esprit. Je me suis surtout dit que ce serait dommage de mourir maintenant, si proche de mon départ… Mais non, finalement, je suis encore là…

Les deux sympathiques ouragans m'ont fait ma toilette très tôt, on m'a habillée avec une chemise et un pantalon de toile, aidée à boucler ma valise, et préparé mon sac de voyage avec dedans mon unique pull au cas où j'ai froid dans l'avion et à mon arrivée à Paris. Je suis prête ! Michel m'a dit qu'il serait là pour mon départ. Je l'attends.

Aliki, qui n'avait pas pu être présent à ma petite fête, est venu me dire au revoir.

– Mademoiselle Sagesse, je ne vous oublierai pas de sitôt. Vous avez réussi l'exploit de survivre durant plus d'un mois sans quasiment jamais toucher un de mes plateaux-repas.

– C'est bien pour cette raison que j'ai survécu, monseigneur.

– Bravo ! Je vous aurais bien donné la recette du bougnat de roussette de ma femme comme cadeau d'au revoir, mais je doute que vous puissiez cuisiner des chauves-souris à Paris.

– Nous avons des rats, c'est peut-être un peu moins tendre, mais plus gros.

– Ça peut, en effet, être une variante intéressante…

– Prendrez-vous soin de mon palmier après mon départ, monseigneur ? Il vous suffira de lui parler de temps en temps, il appréciera.

– Mais je n'y manquerai pas, mademoiselle. Parler aux arbres est un acte de sagesse.

– Et aussi, monseigneur, prenez grand soin de vous.

– Vous aussi, merveilleuse mademoiselle. Vous aussi.

Il m'a regardée avec une infinie tendresse, et je lui ai répondu de la même façon. Nous n'avions plus rien à ajouter. Nous n'avions jamais communiqué autrement que par plaisanteries, par pudeur. Il est sorti de la chambre, et j'ai eu très envie de pleurer à l'idée de ne jamais revoir cet élégant petit homme.

Chapitre quatorze

À onze heures moins le quart, Guillaume débarqua dans ma chambre, sans frapper évidemment. Il semblait furieux.

– C'est incroyable ! vociféra-t-il. On ne peut pas partir ! Il y a la grève d'UTA !

– Quoi ?

– La grève ! La grève de cette connerie de compagnie ! Il ne manquait plus que ça !

– Comment ça la grève ?

– Oui, la grève ! Vous savez ce que c'est qu'une grève, non ? C'est quand les gens cessent de travailler.

– Oh, arrêtez de me parler comme à une débile, hein, et aussi d'être agressif. Je ne suis pas employée chez UTA à ce que je sache, je n'y suis pour rien, moi !

– Oui, ben, n'empêche que ça fait chier !

– Mais moi aussi, ça me fait chier, qu'est-ce que vous croyez, que ça m'amuse de jouer les prolongations dans cet hôpital ? Presque un mois que je croupis ici !

– Oui, bon... enfin, moi, je ne voulais absolument pas rester ici plus de vingt-quatre heures, et maintenant...

– Mais c'est quoi cette grève ? Ça va durer longtemps ?

– Mais je ne sais pas ! Les grèves, c'est comme les emmerdes, on sait quand ça commence, mais jamais quand ça finit.

– Mais pourquoi est-ce qu'il y a la grève ?

– J'ai entendu aux infos qu'UTA serait rachetée par Air France et que les employés ne sont pas contents. Mais je m'en fous, moi, je dois rentrer à Paris, putain !

– Bon, écoutez, je ne sais pas ce que vous avez à faire de si urgent à Paris, ça ne me regarde pas, mais ce n'est pas une raison pour hurler dans ma chambre.

– Oui, bon, excusez-moi, mais ça tombe mal...

Le Gainsbourg arriva.

– Eh bien, le mystère n'est toujours pas sur le point d'être élucidé on dirait... En tout cas, vous ne partez pas aujourd'hui, c'est sûr...

– Mais, on ne peut pas voyager avec une autre compagnie ? demandai-je.

– Il n'y a pas d'autre avion aujourd'hui. Ça risque d'être compliqué... Vu qu'il n'y a que celle-là qui va à Paris avec une seule escale. Non, il vaut mieux attendre...

– Moi, je file à l'aéroport, dit le jeune médecin. Pas question de rester là à attendre. Si ça se trouve, ils vont faire la grève pendant dix ans ! Mais qu'est-ce que je vais faire ?

– Profiter de ce pays enchanteur, ce qui va peut-être vous calmer ! répondis-je.

Mais je n'obtins rien de plus qu'un haussement d'épaules de cet affreux personnage.

Michel arriva à son tour. À l'annonce de la grève, il fut indéniablement ravi, mais tenta de me plaindre.

– Oh, ce n'est pas de chance, ma sirène, si près du but... Mais ça nous laisse une autre soirée !

– Et même plusieurs, à ce que je pressens...

– Ne parle pas de bonheur… heu… de malheur ! En attendant, je vais te chercher un déjeuner digne de ce nom.

La grève ! Il ne me manquait plus que ça ! J'aurais vraiment tout eu ! Et cet idiot de Guillaume, non, mais vraiment, pour qui il se prend, celui-là ? S'il n'est pas content, il n'a qu'à faire un autre métier plus sédentaire, je sais pas, moi, boucher-charcutier par exemple, on envoie rarement des bouchers-charcutiers à l'autre bout de la terre pour rapatrier des gens ! Je ne compte pas me laisser faire. Ce n'est pas parce qu'il a une belle gueule (et encore, finalement sa connerie le rend laid) et qu'il est médecin qu'il doit s'adresser à moi avec cette arrogance et ce petit ton supérieur qui me donne envie de lui mettre des baffes. Non, mais sans rire ! Sinon, j'ai dit au revoir à plein de gens, et ça va être bizarre de les revoir. C'est gênant les adieux qui n'en finissent pas, ça perd en sincérité au bout d'un moment. On est dans l'émotion du départ, on se serre dans les bras, larmoyant, se faisant mille promesses, et on regarde l'autre s'éloigner en ayant conscience qu'on le voit peut-être pour la dernière fois. Mais imaginons qu'on remette ça le lendemain. Ça frôlerait le ridicule, et la fraîcheur du premier adieu ayant disparu, on se retrouverait comme des couillons… Tant pis, ce sera comme au théâtre, j'aurais fait une fausse sortie ! Et sans doute quelques rappels…

Six jours. On avait finalement attendu six jours supplémentaires avant de pouvoir partir.

J'avais renouvelé mes adieux plusieurs fois, car nous pensions toujours pouvoir embarquer le lendemain. C'était devenu très drôle à la fin, tous ces adieux, si bien que lorsque j'étais réellement partie, plus personne n'y croyait vraiment…

Le Guillaume avait tout de même fini par se calmer un peu. L'air marin lui faisait visiblement du bien, et il venait me rendre visite chaque soir de plus en plus bronzé et détendu. Il s'excusa même la veille du départ de son impatience et me dit qu'il avait trouvé ce petit séjour plutôt plaisant...

Lorsque nous avons enfin quitté l'hôpital, tous les gens que j'aimais bien sont venus jusqu'à la sortie pour me dire au revoir : Vanolee, Aliki, Patricia et le Gainsbourg. Michel était là lui aussi bien sûr, pour m'accompagner jusqu'à l'aéroport. Puis Guillaume m'a poussée dans un fauteuil roulant jusqu'à l'ambulance, mais avant de monter, j'ai arrêté l'ambulancier :

– On a deux minutes ?

– Oui, on est très en avance, mais il vaut mieux, avec le trafic... Pourquoi ?

– Parce que j'aimerais faire une dernière chose avant de partir. Je n'en ai pas pour longtemps.

Guillaume a protesté, toujours aussi aimable :

– Deux minutes, hein, il manquerait plus qu'on rate l'avion !

J'ai soufflé d'agacement et ai demandé à Michel de me pousser jusqu'à l'arrière de l'hôpital, ce qu'il a fait sans poser de question. Je l'ai guidé jusqu'au petit palmier, que je voyais pour la première fois autrement que derrière une vitre. Je l'ai caressé doucement.

– Au revoir Djatoua. Je voulais te remercier avant de partir. Tu m'as aidée à tenir le coup toi aussi, tu as été mon rêve de paradis.

Michel a laissé un instant sa grande main sur ma joue et m'a ramenée jusqu'à l'ambulance. Derrière moi, j'entendais son silence, et je sentais le nœud dans sa gorge. Il a aidé l'ambulancier à me hisser sur le lit et s'est assis près de moi sur la banquette. Un trajet sans un mot. On se regardait à peine, je n'arrivais pas à croiser son regard. L'aéroport, l'enregistrement des bagages, les barrières de sécurité. Guillaume nous a laissés tranquilles. On s'est enfin regardés, au fond des yeux, tout pleins de larmes. Il n'y avait rien à dire. Toute promesse semblait inutile. On savait très bien ce que l'on taisait. Il a déposé un petit baiser contrit sur mon front, sa moustache m'a à peine piquée.

– Au revoir ma sirène.

J'ai juste répondu :

– Merci.

On nous a installés Guillaume et moi en première classe. J'étais presque allongée, très confortablement. Guillaume semblait de bonne humeur, heureux de rentrer enfin, et m'a même demandé à deux reprises si je me sentais bien... On nous a servi des coupes de champagne, j'ai hésité à en prendre une, mais voyant que mon accompagnateur ne m'en empêchait pas, je ne m'en suis pas privée et l'ai bue avec délectation.

Et puis avant le décollage, une hôtesse fit une annonce : l'avion ne pouvait pas décoller !

J'ai senti Guillaume se figer. Il se voyait sans doute descendre de l'avion, retourner à Nouméa. Il grommelait entre ses dents un flot ininterrompu de « Putain, c'est pas vrai ! ». J'ai interpellé l'hôtesse :

– Excusez-moi, mademoiselle, qu'est-ce qui se passe ?

– Je ne sais pas exactement, nous avons reçu l'ordre de ne pas décoller. On doit vérifier un réacteur.

– Mais ça veut dire qu'on ne va pas partir du tout ?!!!! a presque hurlé mon charmant compagnon.

– Heu... je ne sais pas, a balbutié l'hôtesse, surprise par tant d'agressivité. Ça dépend de ce qu'on va trouver, je présume.

Guillaume ne jurait plus à présent, il était passé au stade grognements de haine. Ses jambes s'agitaient comme si elles étaient parcourues d'un courant électrique, et il devenait tout rouge. Il semblait pouvoir exploser d'un instant à l'autre.

Quant à moi, je restais stoïque, car finalement plus rien ne me déstabilisait après ce que je venais de vivre. Et je pensais sans cesse à Michel, en me demandant comment j'allais faire à présent pour vivre sans lui. Cela me paraissait bien plus grave qu'un retard de décollage. Je me fichais complètement de ce nouvel incident de parcours, et surtout de ce que pouvait bien ressentir la personne fulminante qui se trouvait à ma gauche.

Il vocifera, en regardant par le hublot :

– Ah, voilà, enfin, ils arrivent avec leur espèce de camion à grue. Ça va prendre des heures, des heures, et on va nous évacuer, c'est sûr, putain de merde, je le sens venir, je le sens venir !

– Tout ce qui reste à l'homme de bien, c'est d'aimer et accueillir avec satisfaction les accidents fortuits, ai-je énoncé.

– Quoi ?

– Marc Aurèle.

Guillaume a haussé les épaules et s'est renfrogné de plus belle.

Effectivement, une heure plus tard, la situation n'avait pas évoluée. Nous nous trouvions toujours à bord et il n'y avait pas de nouvelle annonce. Guillaume, qui ne tenait désormais plus en place, arpentait les allées, comme si le fait de marcher allait précipiter le cours des choses. D'ailleurs, il n'était pas le seul à s'impatienter. On pouvait entendre de-ci de-là des gens râler, et je profitais de ce que Guillaume était allé se plaindre aux hôtesses, au chef de cabine, au copilote et sans doute aux autres passagers pour siffler une deuxième coupe. Puis une troisième. Il valait mieux se détendre avant ce voyage que je pressentais assez éprouvant, et j'espérais de surcroît noyer mon chagrin dans l'alcool. Lorsque mon chaperon est revenu à sa place, il m'a vue totalement hilare.

– Moi, je ne trouve pas ça drôle, cette situation de merde, a-t-il râlé en s'asseyant enfin.

– Tu voudrais peut-être que je pleure ? On ne peut rien faire de toute façon...

– Dis donc, j'ai pensé à un truc... Tu ne porterais pas un peu la poisse, toi ?

– Dis donc, j'ai pensé à un truc, tu ne serais pas un peu odieux, toi ?

Et il s'est tu pour un bon moment. Jusqu'à ce que l'avion décolle enfin.

Alors il s'est détendu et a fini par s'excuser.

– Bon, pardon, je suis désolé pour tout à l'heure... J'étais un peu nerveux.

– Un peu, oui...

– Non, mais quand même, c'est bizarre tout ce qui t'arrive, tu ne trouves pas ? Le moteur qui prend feu, la phlébite sur l'îlot désert, l'embolie, un mois dans cet hôpital, la grève, et maintenant ce réacteur...

– Tu oublies la dengue.

– Quoi ?

– J'ai attrapé la dengue à l'hôpital.

Il m'a regardée bizarrement, presque effrayé. Et il a tourné la tête vers le hublot.

Il avait fini par s'assoupir lorsque, deux heures plus tard, il y eut cette nouvelle annonce :

– Mesdames et messieurs, nous avons une personne souffrante à bord, nous recherchons un médecin. S'il y a un médecin parmi les passagers, qu'il vienne se présenter rapidement à une hôtesse.

J'ai secoué Guillaume.

– Eh, réveille-toi, ils ont besoin d'un médecin à bord.

– Hum ? Ah bon ? Pourquoi ?

– Je ne sais pas, ils n'ont pas dit. Quelqu'un est sûrement malade.

Guillaume a grommelé « J'espère que ce n'est pas le pilote ! » et s'est dirigé vers le cockpit. Et puis je l'ai vu courir dans l'autre sens, suivi par deux hôtesses qui semblaient affolées. Je ne savais pas du tout ce qui se passait, mais je me suis dit que Guillaume pouvait encore imaginer que j'y étais pour quelque chose…

Il est revenu une demi-heure plus tard, complètement chamboulé.

– C'est dingue, a-t-il dit. C'est une femme, d'une cinquantaine d'années, et je crois qu'elle… elle est en train de faire une embolie pulmonaire !!! Elle a une jambe enflée et a du mal à respirer. Ils vont la débarquer à Sydney dans une heure. C'est dingue, non ? Une embolie, tu te rends compte !!!

Il me regardait, les yeux exorbités, comme si je lui avais jeté un sort.

– Mais oui, c'est dingue ! acquiesçais-je, sincèrement troublée. Une embolie ! Quel hasard incroyable !

Mais Guillaume ne m'écoutait pas. Il me fixait avec un regard suspicieux. Puis il disparut de nouveau pour retourner auprès de la patiente.

Arrivés à Sydney, nous n'avons pas changé d'avion. Des passagers sont descendus et d'autres sont montés, j'entendais du brouhaha derrière le rideau qui séparait les premières classes des classes éco, et Guillaume est revenu.

– Ça y est, ils ont profité de l'escale pour la débarquer, a-t-il soufflé.

Il semblait harassé.

– Tu crois qu'elle va s'en tirer ? j'ai demandé timidement.

– Je ne sais pas. Elle était assez mal en point. Je lui ai fait une piqûre d'héparine, je n'ai pas pu faire grand-chose... J'ai laissé mon numéro, j'espère avoir des nouvelles à Paris. Euh... ça va toi ?

– Oui, moi, ça va, pourquoi ?

– Je ne sais pas... Je me dis qu'il reste encore vingt heures de vol alors... Non, rien... Je vais dormir un peu...

Et il m'a tourné le dos.

Je ne parvenais pas à m'endormir, cet idiot avait fini par m'angoisser ! Alors j'ai repris mon journal.

C'est pas de bol, voilà qu'après le retard de décollage, une bonne femme fait une embolie à bord de l'avion maintenant ! Le Guillaume me regarde bizarrement, il pense que je porte la poisse. Et si c'était vrai ? C'est sûr qu'il m'arrive toujours tout un tas de trucs pas possibles, sans que je fasse rien pour les provoquer la plupart du temps. Et si à présent ça déteignait sur les autres ?! Ce serait affreux ! Je me rappelle maintenant que, lorsque le film de Francis Veber La Chèvre, *avec Pierre Richard et Gérard Depardieu, est sorti, tout le monde s'est mis à m'appeler comme ça. (C'est l'histoire d'une fille très malchanceuse qui est enlevée alors qu'elle est en vacances dans un pays lointain. Pour la retrouver, son père a l'idée saugrenue d'envoyer à sa recherche un type qui est autant malchanceux qu'elle. Et il est accompagné par un détective qui se met à penser, après maintes péripéties, que la malchance, c'est peut-être contagieux...)*

Il n'y a pas de hasard... C'est mon karma. Ma vie n'est effectivement pas de tout repos et ne le sera sans doute jamais. Il faut que je l'accepte... « La nature rend chacun de nous capable de supporter ce qui lui arrive... », comme dirait mon copain Marc.

Nous étions arrivés à Paris le surlendemain. Un infirmier était me chercher à la sortie de l'avion avec un fauteuil roulant, et m'avait poussée dans l'aéroport. Nous avions récupéré nos bagages, franchi la dernière porte de sortie, et là, j'ai vu... Nicolas !

Il m'attendait, avec son sourire ravageur, ses yeux noisette, sa mèche rebelle, sa veste en jeans et un petit sac de voyage. Je ne pouvais pas le croire ! C'était comme dans un film, de Lelouch, avec un passage au ralenti. J'ai presque entendu une musique... J'ai eu soudain très chaud, et j'ai senti mon cœur qui remontait jusque dans ma gorge. L'infirmier continuait de pousser rapidement le fauteuil, j'ai crié :

– Stop !!!

Il s'est arrêté net, il a dû avoir peur, et Nicolas s'est précipité dans mes bras. Il m'a serrée fort et a éclaté en sanglots. Je ne savais pas quoi faire, je ne m'attendais tellement pas à ça.

Mais mon cœur était retourné à sa place et je ne ressentais plus rien. En fait, j'étais littéralement sidérée.

Guillaume observait la scène sans comprendre. Il avait vu quelques heures auparavant un autre homme pleurer dans mes bras...

J'ai croisé un instant son regard dans lequel j'ai pu clairement lire : « Cette fille n'est décidément pas possible ! »

Nicolas m'a dit, en essuyant ses larmes :

– J'ai eu tellement peur ! Je viens avec toi à Lyon.

Et nous nous sommes dirigés jusqu'à l'ambulance. Comme je restais muette, Nicolas a fini par demander :

– Ça va ?

– Oui, oui...

– Tu n'es pas heureuse de me voir ?

– Si, si... C'est juste que... Je ne m'attendais pas... Enfin... C'est une sacrée surprise...

– Une heureuse surprise ?

– Mais oui, bien sûr, enfin... une sacrée surprise...

Guillaume nous a laissés devant l'ambulance. Sans aucune émotion, il m'a tendu une vague main. Je l'ai serrée. Il a juste dit :

– Bon, ben, moi, j'y vais. Bon rétablissement, hein !

– Oui, merci.

– Allez, salut. Je te dis pas à bientôt...

J'ai failli répondre : « J'espère pas. » Mais je lui ai simplement souri. Il m'a rendu mon sourire et il s'est éloigné.

On m'a allongée sur le lit de l'ambulance, Nicolas s'est assis sur la petite banquette près de moi et a pris ma main. Une sensation assez étrange. En quittant Nouméa, c'était Michel qui était à cette place... J'avais passé tout le temps où je me trouvais avec Michel à penser à Nicolas, et à présent que j'étais avec Nicolas, je pensais à Michel... La vie me semblait décidément bien compliquée. Surtout la mienne. Toutes ces émotions m'avaient totalement épuisée. Et j'avais très peu dormi dans l'avion. Alors, bercée par les mouvements de mon nouveau carrosse et la voix douce de mon prince qui me disait combien je lui avais manqué, je me suis endormie.

Le beau Nicolas

Je me suis réveillée peu de temps avant notre arrivée à la clinique du cours Général-Giraud, à Lyon, en début d'après-midi. On a sorti le lit de l'ambulance et on m'a installée dans un fauteuil roulant. On m'a poussée jusque dans le hall, où m'attendaient mes petits parents. Ils étaient là, sagement assis, les yeux dans le même vague. Ils ne m'ont pas vue tout de suite. C'est moi qui ai dit :

– Maman... Papa...

Leurs deux têtes se sont tournées en même temps dans ma direction. Ils sont restés figés un instant, comme s'ils ne réalisaient pas tout de suite ce qu'ils étaient en train de voir. Et puis ils se sont levés, toujours d'un seul mouvement, en poussant le même cri, et ils se sont cognés l'un à l'autre en se précipitant sur moi. Ils m'embrassaient, pleuraient, m'embrassaient encore, et Nicolas s'est remis à pleurer. Moi aussi, mais je riais tout à la fois. Tous les gens dans le hall nous regardaient.

Maman

Papa

Et puis on s'est retrouvés dans une jolie chambre claire, avec une grande fenêtre qui donnait sur un jardin, et je fus tout d'abord surprise par la propreté qui y régnait. Pas de fauteuil défoncé, de murs à la peinture écaillée, ni d'affreux cafards. Et des beaux draps propres. Et une sonnette qui fonctionnait, à coup sûr. Et une télé avec une télécommande !

Nicolas s'éclipsa pour me laisser seule avec mes parents, en me promettant de revenir dès le lendemain matin.

On s'est dit des choses dans le désordre. Des dialogues à trois entremêlés, confus, des questions sans réponses et des réponses sans questions, ou trop de questions à la fois, des bouts de phrases en l'air, quelques lourds silences envahis par des larmes, on avait tant de choses à se dire qu'on n'y arrivait pas du premier coup…

Un médecin est venu interrompre ces étranges retrouvailles. C'était un grand homme souriant, il est entré tout en frappant à la porte, avec un dossier à la main. Après de brèves présentations, il nous a fait part de ses interrogations concernant mon cas, et lorsqu'il a dit : « Je ne comprends pas », il a affiché à peu près la même tête que le Gainsbourg. Il a proposé de faire une scintigraphie dès le lendemain, un scanner du cœur et des poumons.

Jeudi 26 août. Quatre heures du matin

Je ne peux pas dormir. D'abord parce que je suis en plein décalage horaire. Ensuite parce que je ne réalise pas encore très bien ce qui m'arrive. Je suis rentrée !!! Et Nicolas qui m'attendait à l'aéroport ! C'est énorme ! Et mes pauvres parents, comme ils ont dû souffrir pendant mon absence. Ils m'ont fait tellement de peine hier, ils sont si mignons, si fragiles. Je suis heureuse, et en même temps je ressens beaucoup de tristesse, de culpabilité. Je leur ai fait du mal, ils ne méritaient pas cela. Bien qu'ils ne soient pas venus à Nouméa…

Quant à Nicolas… je ne sais plus. J'ai tellement souffert à cause de lui. Je me méfie, en fait. Un homme qui vous abandonne quand vous lui dites que vous êtes enceinte de lui ne peut pas être totalement fiable, même s'il vient vous chercher à l'aéroport pour vous accompagner jusqu'à Lyon en ambulance ! De toute façon, j'ai le cerveau beaucoup trop embrumé pour ressentir un quelconque sentiment amoureux en ce moment. Que fait Michel à cette heure-ci ? Il doit être au travail. J'ai laissé un message hier soir sur son répondeur, pour lui dire que j'étais bien arrivée, j'ai entendu le son de sa voix enjouée, je l'imaginais en train d'enregistrer son message, la moustache guillerette et l'œil espiègle, dans une maison vaste et claire, où je n'ai jamais pu aller. Il me manque. Combien de temps va-t-il me manquer ? Bientôt, la vie effacera peut-être son souvenir, son visage m'apparaîtra de plus en plus flou, pour disparaître tout à fait. Il ne me restera plus qu'une vague moustache. Et un jour, je tomberai sur un vieil épisode de Magnum, *et ça me fera sourire… Et dire que je n'ai même pas de photo de lui, à part celles de la plage qu'on m'a offertes, mais il se trouvait derrière l'objectif la plupart du temps.*

J'ai peur pour cette foutue radio qu'on doit me faire demain matin, la scinti-machin. Si ça consiste encore à m'enfoncer des aiguilles dans les veines des jambes, je m'en fous, je mords !

Chapitre quinze

On est venu me chercher à huit heures. J'avais fini par m'endormir peu de temps avant, ayant passé la nuit à regarder des reportages animaliers à la télé, à lire un peu de Marc Aurèle, le seul bouquin que j'avais emporté, et à écrire une lettre à Michel dans laquelle je tentais de relater de façon humoristique notre voyage en avion.

Je me suis retrouvée allongée devant un grand tube, et on m'a injecté sans me faire mal un produit pour mieux suivre le chemin du sang dans mes veines. Je suis entrée dans le tube, un boucan du diable, « inspirez, bloquez, respirez de nouveau », bref, un scanner.

De retour dans ma chambre, j'attendais les résultats lorsque maman arriva, suivie de près par Nicolas. Et par le médecin, qui entra avec le diagnostic.

– Bonjour, dit-il avec enthousiasme. Voilà, nous avons les résultats du scanner. Eh bien, je comprends que mes collègues de Nouméa aient galéré. C'est assez... comment dire... assez incroyable. Bon, en fait, vous avez bien fait une phlébite et une embolie. Le caillot est passé par la veine iliaque et est monté dans la veine cave. Et alors là, miracle, le sang qui ne pouvait plus passer s'est forgé un autre chemin par un réseau collatéral de veines dans le dos ! Voyez, là !

Et il nous montra la radio, incompréhensible avec des traits de différentes couleurs dans tous les sens.

– Ça, c'est la veine cave, là, et vous voyez que le sang s'arrête de passer, là, eh bien, vous voyez ces traits orange, c'est le réseau ! Votre corps avait un petit réseau de veines collatéral dans le dos qui a pris le relais ! C'est fou !

– Ah, le coquin ! lançai-je. Il m'a fait un réseau dans le dos !

Mais personne ne rit.

– C'est grave ? demanda maman qui se décomposait au fur et à mesure que le médecin montrait des trucs.

– Ça aurait pu être très grave, oui, peu de gens se sortent d'une pareille embolie. Mais maintenant que ce réseau fonctionne, grâce aux anticoagulants d'ailleurs, votre fille ne risque plus rien. À condition qu'elle prenne bien ses médicaments et qu'elle surveille régulièrement son taux de prothrombine, pour voir si le sang est assez fluide. Nous allons tout de même la garder quelques jours en observation. Et, si vous le permettez, mademoiselle, j'aimerais parler de votre cas à des élèves en médecine, qui viendront vous rencontrer. Ce n'est pas banal ce qui vous est arrivé, vous savez, c'est miraculeux. Mais le corps a parfois des ressources insoupçonnables. En tout cas, bravo, vous avez vraiment bien tenu le coup. Je repasserai vous voir ce soir. Bonne journée.

Maman, Nicolas et moi sommes restés sans voix après ce que nous venions d'apprendre. Maman dit finalement :

– Je vais téléphoner à ton père. Il a toujours pensé que tu n'étais pas banale, mais alors là !

Lorsque maman fut partie, en fin de matinée, je restai seule avec Nicolas.

Il m'annonça qu'il resterait le temps qu'il faudrait à Lyon, et qu'il demeurerait chez sa mère, qui habitait en proche banlieue. Je le regardai parler comme s'il n'était pas réel, comme si j'étais en décalage avec l'instant présent. Je voyais ses lèvres bouger, mais je comprenais à peine ce qu'il me disait. Seulement des bribes : « J'ai été tellement idiot, j'ai paniqué, pardon, je n'ai pas été à la hauteur, je ne peux pas vivre sans toi, j'ai cru te perdre à jamais, pardonne-moi, pardonne-moi. » Je pensais : *C'est Nicolas, ton Nicolas, ton amour, il est là devant toi, il te dit ce que tu rêvais qu'il te dise, tu pourrais le toucher, l'embrasser, pleurer tout contre lui.* Mais une barrière invisible se dressait entre nous, un mur de glace, et je savais qu'il me faudrait du temps pour qu'il fonde et que nous retrouvions la complicité qui nous avait jadis unis. Et je savais aussi que nous ne la retrouverions peut-être jamais. Il s'assit sur le lit et se pencha pour m'embrasser sur la bouche, je me laissai faire sans répondre au baiser, comme si j'étais hors de ce corps qui m'avait joué tant de tours, qui vivait sa vie sans moi, qui fabriquait des réseaux clandestins dans mon dos, ce corps qui semblait ne plus m'appartenir, avec sa jambe droite désormais énorme et bleuie, et tous ses autres bleus cachés à l'intérieur…

J'étais restée cinq jours à la clinique, le temps de me requinquer un peu. La nourriture était évidemment bien meilleure que celle de l'hôpital de Nouméa, mais je regrettais mon Aliki qui me vantait toujours avec beaucoup d'humour les mets les plus dégoûtants. Les jeunes futurs médecins venaient par groupes étudier mon cas, ils défilaient dans ma chambre, accompagnés du médecin-chef qui leur montrait mon scanner et me posait ensuite des questions sur mon histoire calédonienne. Nous aurions pu finalement faire un petit show tous les deux, car après plusieurs de ces visites nous commencions à être bien rodés...

Mes parents et Nicolas me rendaient visite chaque jour, et je me rapprochais de plus en plus de ce dernier. Je demeurais néanmoins assez confuse à son égard. Je ne savais plus si je ressentais encore des sentiments très forts pour lui, ou si je me raccrochais à lui parce que j'étais perdue et blessée. Je décidai de ne pas trop me poser de question et de vivre au jour le jour, comme je l'avais d'ailleurs fait durant ce long séjour à l'autre bout du monde. Michel et moi nous donnions des rendez-vous téléphoniques et je lui racontais tout dans le détail. On se donnait l'illusion d'être encore proches, alors qu'on était déjà si loin.

Un matin, alors que nous nous retrouvions seules maman et moi, j'engageai une conversation que je désirais avoir depuis longtemps. Elle arriva toute pimpante dans une robe à fleurs avec un bouquet assorti dans les bras, elle papillonna dans la chambre en mettant un peu d'ordre et en me racontant mille bêtises sur des expositions des tableaux de papa, des clients originaux, des discussions avec telle ou telle copine, et j'eus tout à coup l'envie de faire cesser tout net cette logorrhée interminable pour lui poser LA question.

– Maman, pourquoi tu n'es pas venue à Nouméa ?

– Euh... comment ?

– Nouméa. Pourquoi tu n'es pas venue ?

– Mais... Mais je voulais... mais tu sais, ton père... Enfin, il y avait ton père, et la galerie, et puis on s'est dit que tu allais forcément rentrer, que tu n'allais pas rester éternellement là-bas, et puis c'était très loin, et ton père a une peur bleue de l'avion, tu le sais, et on avait Mondial assistance, et le médecin qui disait que tu pourrais rentrer bientôt…

– J'avais besoin de toi.

– Je sais, ma minette, je sais. Je m'en suis assez voulu, mais ton père n'était pas d'accord, et…

– Tu ne peux donc rien faire sans son accord alors, même aller récupérer ta fille mourante à l'autre bout du monde !

– Mais tu n'étais plus mourante…

– Tu n'en savais rien ! Personne n'en savait rien, on n'avait pas de scanner, et personne n'était au courant pour cet absurde réseau dans le dos, on ne savait rien !

Ma voix montait dans les aigus, les yeux me piquaient. Elle vint s'asseoir sur mon lit, l'air contrit.

– Je m'en veux, ma minette, j'y pense tout le temps, mais tu es là maintenant, tu es là !

Et elle me prit dans ses bras. Mais j'étais en colère, et pas très disposée aux câlins. Je restai figée.

– Écoute, maman, ça va, je ne t'en veux plus maintenant, mais quand même, avoue que ce n'est pas possible, de ne pas t'occuper de ta fille qui a besoin de toi à cause de… pour ton mari qui… Enfin, il aurait dû t'encourager à venir, au lieu de jouer au petit garçon abandonné et trouillard ! Et il aurait dû venir lui aussi, d'ailleurs, vous auriez dû venir tous les deux ! Le fait de ne pas savoir se faire cuire un œuf n'a jamais empêché personne de prendre l'avion !!!

Elle resta silencieuse, et puisque finalement aucun de ses arguments ne tenait debout, elle me dit simplement :

– Excuse-moi.

C'est alors que nous entendîmes la voix éraillée de tante Zette dans le couloir. Elle parlait sans doute à une infirmière et semblait très mécontente.

– C'est pas humaaiiin de devoir laisser les animaux dehors ! Mon petit chien, il est propre, et il n'a pas de maladiiiie ! J'aurais très bien pu entrer avec luiiii !

Elle fit irruption dans ma chambre, vêtue d'une invraisemblable tenue qu'elle seule pouvait porter (robe à carreaux rouges avec veste assortie) précédée d'un énorme bouquet de fleurs qui cachait entièrement son visage. On ne pouvait voir que le sommet de son chignon s'agiter au-dessus des marguerites blanches. Aussitôt entrée, elle jeta le bouquet sur mon lit et se précipita sur moi dans un cri strident et déchirant. Elle me serra très fort contre sa lourde poitrine, j'avais à présent le chignon dans le nez, et l'odeur de la laque me piqua les narines.

– Ma petite Sophiiiie ! hurla-t-elle, tu es làààà ! Tu es bien lààààà ! On a eu tellement peur !

Ensuite, sans que nous puissions placer un mot, maman et moi avons eu droit à une sorte de sketch avec pleurs, cris, rires, baisers, re-pleurs, re-cris. Et puis soudain, elle s'est levée d'un bond et a quasiment couru vers la porte sur ses talons de quinze centimètres.

– Je dois filer, lança-t-elle, déjà à moitié dehors. Je ne peux pas laisser mon Gerry tout seul en baaas. Il doit être terroriséée… Il est si joliii, quelqu'un va me le voleeer !

Et elle sortit dans un dernier cri. Ma chambre était désormais imprégnée d'effluves de Shalimar et mon visage couvert de baisers fushia.

Je commençai à remarcher dans les couloirs de la clinique, accompagnée d'une infirmière ou par Nicolas. Évidemment, n'ayant pas mis un pied par terre depuis plus d'un mois, les débuts furent vacillants. Je retrouvai mon équilibre petit à petit, avec obstination et patience, mais ma jambe, bien que toujours enveloppée dans des bandages qui l'empêchaient de trop gonfler, me faisait souffrir. Le médecin, ne sachant pas trop se prononcer sur l'avenir de cette jambe, m'annonça tout de même qu'elle risquait de rester beaucoup plus grosse que l'autre, et avec de nombreux bleus. Adieu jupettes et jolis shorts ! À vingt-cinq ans, quand on a toujours eu d'assez jolies jambes, c'est dur de faire ce deuil. Mais j'étais prête à faire tous les deuils possibles, puisque je n'étais pas morte, c'était bien là le principal, j'étais là, un peu cabossée, mais là, et finalement mon apparence physique prenait beaucoup moins d'importance. Cela étant, je n'avais pas dit mon dernier mot concernant cette guibolle…

Et puis je suis rentrée chez mes parents. L'ambulance me laissa devant la porte de leur immeuble, et Nicolas m'aida à monter dans l'ascenseur. Les parents nous attendaient avec un bon déjeuner, dans leur grand appartement qui donnait sur la place de l'abbaye d'Ainay, il faisait un joli temps de début septembre, l'air était doux, on avait laissé les fenêtres ouvertes, maman avait acheté plein de fleurs, ma chambre était baignée de soleil, tout le monde était joyeux. Papa, très souriant, mais toujours si introverti et timide, me montra ses nouvelles aquarelles, splendides. Mais moi, j'étais encore comme en dehors de la vie, comme dans un film dans lequel je me serais vue jouer. Est-ce que j'allais rester ainsi encore longtemps, quasi anesthésiée ? Ou bien, étais-je finalement morte, et on me faisait croire que j'étais toujours en vie ? Je me mis à faire semblant d'être enjouée, pour ne pas décevoir. Je m'extasiais devant les fleurs, les aquarelles, le déjeuner, poussant des « ah » et des « oh » de joie, et tout le monde était dupe, je crois... Moi, je ne savais plus du tout ce que je ressentais, je ne savais même plus qui j'étais, de quoi j'avais réellement envie. De tout. De rien... J'étais dans une bulle, à part. Seule.

Et Michel me manquait.

Cet état dura une bonne quinzaine de jours. Nicolas s'évertuait à me distraire, mes parents à me faire plaisir, j'étais comme une princesse, mais un peu dans le genre « Belle au bois dormant ».

Et puis je me réveillai. D'un coup. Un matin, j'eus subitement envie de faire plein de choses, et, prise d'une inépuisable frénésie de vie, je me mis à faire à peu près n'importe quoi. Surtout en ce qui concernait les achats compulsifs. J'avais été privée de mode et de shopping pendant si longtemps qu'il me semblait à présent impossible de continuer à vivre sans. J'ai donc dévalisé les magasins lyonnais, avec le peu d'argent qui me restait sur mon pauvre compte, et le beaucoup d'argent de poche que me donnait ma mère, trop heureuse de me voir si excitée par une activité, quelle qu'elle fût. Accompagnée de deux ou trois copines que j'avais contactées à leur retour de vacances, je claudiquai de grands magasins à petites échoppes, inlassable, essayant toutes sortes de vêtements que je n'aurais jamais regardés auparavant, obsédée tout à coup par mon image, ou ce qu'il en restait. Je ne pouvais plus mettre de jupes courtes ? Pas de problème, j'allais acheter plein de pantalons ! Et des jupes longues ! J'avais perdu presque dix kilos ? Ça tombait très bien, c'était l'occasion de refaire ma garde-robe tout entière. Et ainsi, vautrée du matin au soir dans une futilité finalement pas si futile, je tentais de me retrouver.

Je fis aussi deux ou trois choses inscrites sur la liste de mon journal.

Aller chez le coiffeur : fait ! J'optai pour une nouvelle coupe en dégradé avec un beau balayage blond qui mettait en valeur mon petit museau désormais tout creusé.

Manger une énorme glace au chocolat-chantilly : fait. Chaque jour, même ! Et parfois à la fraise.

Me faire épiler une seule jambe... pas fait... Je n'étais pas encore prête à me déshabiller dans une cabine d'esthéticienne, ni à faire un striptease en déroulant langoureusement ma bande de contention.

Nicolas m'observait, emportée que j'étais par ce tourbillon de vie, avec tendresse et amusement.

Et puis, un jour, il arriva chez mes parents avec une tête plus grave que d'habitude.

Nous n'avions pas refait l'amour depuis mon retour, et je pensais qu'il m'en voulait un peu de retarder ce moment. Mais je ne me sentais pas prête. Non parce que j'avais peur de lui montrer ma jambe, non, il l'avait déjà vue à plusieurs reprises, mais je n'en ressentais pas vraiment l'envie et j'avais un peu peur. Je ne m'étais pas encore tout à fait réapproprié mon corps, et j'avais besoin de le retrouver vraiment avant de le donner à quelqu'un d'autre. Je savais que Nicolas comprenait, mais je me demandais quelles seraient les limites de sa patience. Lorsque je le vis, le visage fermé, les traits tirés, dans l'encadrement de la porte de ma chambre, je me dis que cette limite était sans doute atteinte. Mais je me trompais complètement.

Tout pâle, la démarche indécise, sans avoir répondu à mon joyeux « Bonjour, ça va ? », il s'approcha de mon lit sur lequel j'étais assise, et s'agenouilla. Il sortit un petit boîtier doré de sa poche, et l'ouvrit sous mes yeux. À l'intérieur, une très jolie bague ancienne.

– Sophie, balbutia-t-il, le regard humide et les lèvres tremblantes, veux-tu m'épouser ?

Je le regardai fixement. Et ça avait recommencé, je m'étais retrouvée de nouveau dans le film. Je n'entendis pas de musique cette fois-ci, mais un bruit sourd qui battait très fort dans mes tempes. Un tas de pensées envahirent tout à coup mon cerveau : *J'ai rêvé de ce moment pendant deux ans, je ne peux pas dire non, je ne sais pas si je lui ai pardonné, est-ce que j'ai encore envie de lui, je n'ai plus confiance, oui, mais il a beaucoup changé, donc il est d'accord pour qu'on ait des enfants, il est si beau, mais je l'aime ou pas ?*

Il resta là, figé, dans l'attente, et j'eus peur tout à coup qu'il ne devine ce que j'avais en tête. Alors, pour couper court à ce moment interminable, par peur de regretter un refus, et peut-être aussi pour éviter toute discussion pénible, je dis :

– Oui.

Je vis soudain le visage de Nicolas changer, comme s'il s'était littéralement ouvert. Ses traits se détendirent, sa bouche dévoila ses jolies dents, ses yeux s'agrandirent.

Et puis il posa la tête sur mes genoux, et il éclata en sanglots. Et ça me donnait envie de pleurer moi aussi, mais je ne savais plus si c'était de joie ou de dépit…

J'annonçai la nouvelle à Michel le lendemain, et il en fut très surpris.

– Mais, ma sirène, tu es sûre ? N'oublie pas tout ce que tu as vécu de difficile avec ce garçon. Il n'est peut-être pas… Enfin, je ne le connais pas après tout, et il a l'air d'avoir changé, il a réalisé qu'il tenait à toi... C'est bien... Tu es heureuse ?

– Heu... Oui...

– Tu dois réfléchir pour me dire si tu es heureuse ? Oh, c'est bizarre, ça, ma sirène. En général, quand on est vraiment heureux, on n'hésite pas quand on nous le demande, on le crie, on le hurle, on le chante, et même si on nous demande rien, on veut que le monde entier le sache !

– Oui, tu as raison. Mais ça va, je suis bien... Et toi ?

– Oh, moi... Moi aussi, je suis bien... Pas si bien que quand tu étais là, évidemment, non, c'est plus pareil, je n'ai plus personne à m'occuper, tu comprends, alors je deviens... un vieux con.

– Déjà ? Mais je croyais que tu avais à peu près mon âge...

– Ah, mais ça, c'était quand j'étais avec toi que j'avais vingt-cinq ans. Maintenant, j'en ai quatre-vingts...

– Houla, ça va vite, dis donc, on ne peut pas te laisser deux minutes sans que tu fasses des conneries, toi !

– Pas deux minutes, un mois et trois jours... Au fait, ça te dirait que je t'invite à dîner ?

– Par téléphone ? Pourquoi pas, ça pourrait être original. Mais c'est moi qui cuisine cette fois-ci.

– Non, non, dans un vrai restaurant.

– Comment ça ?

– Il paraît que vous avez de très bons petits bouchons à Lyon.

– Quoi ? Tu viens à Lyon ???

– Disons que je dois aller à Paris pour mon travail dans assez peu de temps, et que Paris n'est plus si loin de Lyon en TGV.

– Mais quand ?

– Cette semaine.

– Cette semaine !!! Mais non !!! Mais c'est dingue !!!

– Oui, je sais, c'est dingue, ça, c'est sûr, mais je vais le faire… Je te dis très vite quel jour j'arrive.

– Mais, tu pourras rester un peu ? On va t'accueillir à la maison. Mes parents seront très heureux de te rencontrer, après tout ce que tu as fait pour moi.

– C'est une bonne idée, et comme ça je leur dirai tout ce que toi, tu as fait pour moi.

– Mais je n'ai rien fait !

– On en reparlera devant un bon saucisson. Bonne nuit, ma sirène.

Je devins soudain euphorique. Je me mis à crier dans toute la maison que Michel allait débarquer, mon père en lâcha ses pinceaux, le chat partit se cacher sous le lit et ma mère se mit à hurler avec moi, par solidarité. Dès lors, ce ne furent que préparatifs pour sa venue. Évidemment, Nicolas était carrément jaloux, alors que je lui avais déjà parlé à maintes reprises de la relation amicale et paternelle entre Michel et moi.

Il s'empressa alors de me présenter à sa maman, charmante femme gracieuse et discrète, qui vivait seule dans une maison de Sainte-Foy-lès-Lyon. Puis nous l'avons invitée à la maison pour un déjeuner, afin qu'elle rencontre mes parents. Tout se passa le plus poliment du monde. Mais encore une fois, je n'étais pas vraiment là, et j'avais l'impression de vivre une scène parfaitement surréaliste. On évoqua une date et un lieu de mariage, je souriais bêtement, mais maman s'aperçut que quelque chose n'allait pas. Aussitôt Nicolas et sa maman partis, elle me demanda :

– Qu'est-ce qui se passe, ma minette ? Tu ne veux pas épouser ce garçon ?

– Si, si.

– Mais je ne sais pas, je te trouve… pas très enthousiaste. Je te vois sauter en l'air en apprenant que ce Michel vient à Lyon, et être complètement apathique quand on parle de ton mariage.

– Oui, c'est que… Il faut que je me fasse à l'idée, c'est tout. Mais ça va…

– Personne ne t'y oblige, tu sais. Tu es encore jeune. Moi, je me suis mariée à vingt-six ans, bon, à l'époque c'était déjà tard, j'ai même coiffé Catherinette. C'était une coutume chez les couturières (maman avait longtemps eu des magasins de mode), on nous faisait défiler dans les rues avec un atroce chapeau sur la tête quand on n'était pas encore mariée à vingt-cinq ans. C'est pas avec ça qu'on allait trouver des maris, d'ailleurs !

Elle rit.

– Mais aujourd'hui c'est plus pareil, vingt-cinq ans, tu as la vie devant toi, alors… ne te précipite pas. Il vaut mieux faire marche arrière maintenant que quand tu auras la bague au doigt !

– Oui, merci maman, mais il n'y a pas de problème, tout va bien. Et puis je lui ai dit « oui ».

– Un petit ou un grand oui ?

– Un moyen.

– Alors rien n'est encore décidé…

Chapitre seize

Les jours qui suivirent, je ne pensai qu'à la venue de Michel.

Nicolas s'en rendit évidemment compte. Il me trouvait tout à coup transformée, légère et pimpante, et il s'en inquiétait. En fait, je n'étais pas amoureuse de Michel, non, mais c'était comme si je n'arrivais pas à me détacher de ce que je venais de vivre. Comme si ma nouvelle vie à Lyon avec mes parents et Nicolas n'était pas la vraie vie. Mon esprit était encore à Nouméa, dans ma petite chambre vétuste, avec mon Magnum, alors que mon corps semblait jouer la comédie à Lyon. Mais je ne pouvais pas l'exprimer, je croyais que je n'en avais pas même conscience. Ce qui me rassurait dorénavant, c'étaient Michel et son regard bienveillant. Et le fait de le revoir me plongeait dans une joie intense, que je ne pouvais dissimuler. J'eus droit à toutes sortes d'attitudes de la part de Nicolas : inquiet, boudeur, énervé, distant, faussement enjoué, le pauvre garçon passait par tous les états sans que j'en tienne compte le moins du monde. Je vivais à part. Car personne ne pouvait vraiment comprendre ce que je ressentais. Même pas moi…

Je comptais les jours, et le samedi arriva enfin. Michel devait prendre un taxi de la gare de Perrache et débarquer chez nous vers treize heures. J'essayai toutes mes nouvelles tenues et défilai dans la cuisine, où maman préparait le repas, et elle semblait extrêmement heureuse de me voir si euphorique. Je virevoltais autour d'elle en riant, j'étais gaie, et insouciante, et futile, j'étais bien vivante, et je me délectais de retrouver ce bonheur qui m'avait tant manqué.

On sonna à la porte. J'avais opté pour une longue jupe bleue avec un petit chemisier noir manches ballon. Des ballerines. Les boucles d'oreilles en perles empruntées à maman. Un trait d'eye-liner pour dessiner mes yeux, un rouge à lèvres carmin. Je voulais que Michel me trouve différente de la petite crevette blafarde et maigrissime qu'il avait quittée. J'ouvris la porte et il resta bouche bée.

Ensuite, le tourbillon : Michel qui m'enlaçait et me soulevait en répétant « Ma sirène, ma sirène ! », Michel qui embrassait ma mère et serrait la main de mon père, Michel à qui je montrais ma chambre d'adolescente, Michel qui dégustait quenelles et saucisson de Lyon, Michel qui riait très fort, Michel qui buvait l'armagnac de papa. Surréaliste. Dingue. Extraordinaire. Je le revoyais avec son slip de bain se pencher sous le palmier : « Eh ben, petite demoiselle, ça ne va pas ? », et à présent il était là, dans le salon de mes parents, à Lyon ! À parler de tout et de rien avec mon père (qui parlait rarement !) Michel !

L'après-midi même de son arrivée, je lui ai évidemment présenté Nicolas qui était fort impatient de le rencontrer. Politesse et regards en dessous. Je me démenais pour rendre le moment léger, mais je voyais bien que Nicolas fulminait. Je lui tenais la main en lui faisant de petits baisers, ce qui ne suffisait pas à le rassurer. Puis nous nous sommes disputés le soir par téléphone. Nicolas m'a dit :

– Je te laisse tranquille, puisque tu as tant de choses à montrer à cet homme. Je te retrouverai quand il sera parti !

Et j'acquiesçai.

Michel resta trois jours. Maman l'avait installé dans la chambre d'amis. Je lui fis visiter Lyon qu'il ne connaissait pas, et il adora. Mais je crois qu'il était tellement heureux d'être là qu'il adorait tout. Surtout moi… Et je commençais à me dire que ce rendez-vous de travail à Paris n'était finalement pas si urgent…

Le dernier soir, Michel m'invita dans un charmant bouchon. Nous parlions de tout et de rien, en plaisantant comme d'habitude, et au dessert, il lança :

– Tu ne vas pas épouser ce garçon.

– Ah bon ? Et pourquoi pas ?

– Parce que tu n'es plus amoureuse de lui.

– Ah, tu crois ça ?

– Oui, absolument. Je crois que tu l'as beaucoup aimé, qu'il t'a beaucoup déçue, et que vous essayez de recoller les morceaux, lui parce qu'il a pris conscience qu'il tenait vraiment à toi, et toi parce que tu as besoin d'être rassurée après ce que tu as vécu.

– Ah, tu deviens psy maintenant !

– Non, je veux juste le meilleur pour toi. N'oublie pas que je veille sur toi, c'est ma mission.

– Ah oui, mais là on n'est plus à Nouméa, on est sur mon territoire, où je peux très bien me débrouiller toute seule.

Et je me mis à rire. Mais il resta sérieux.

– Je te dis juste de bien réfléchir avant d'aller plus loin avec lui. Tu as encore tant de choses à vivre. N'oublie pas ta liste ! Et si tu veux vraiment être rassurée, j'ai une solution qui pourrait peut-être te plaire…

– Ah oui ? Laquelle ?

– Tu repars avec moi à Nouméa. Comme ça tu auras d'un coup les voyages, une grande maison, un homme qui t'aime et, si tu veux, quelques enfants…

– Quoi ? Mais c'est une demande en mariage, ça !

– Non, c'est une demande en voyage, nuance !

– Mais… Michel… Je t'adore, tu le sais, je… Mais… on n'est même pas amants !

– Ça, ça peut s'arranger rapidement.

– Mais Michel… Oh, je suis désolée. Je t'aime tellement. Mais pas comme un… On a une relation spéciale tous les deux, mais je ne crois pas que… De toute façon, je dois retourner à Paris. Qu'est-ce que je ferais à Nouméa ?

– Tu écriras, et puis il y a des théâtres, et s'ils ne te plaisent pas, je pourrais t'en faire construire un. J'ai beaucoup de relations…

On se regardait dans le silence. Je fixai ses yeux noirs qui brillaient. C'était un moment délicieux et effrayant à la fois. Il comprit mon malaise et trouva les mots pour le dissiper.

– Non, mais je ne veux pas te mettre mal à l'aise, je comprends ton embarras, ne t'inquiète pas, ma sirène, je devais te dire tout ça parce que… Tu me manques à un point, je n'aurais pas cru… Je suis triste tout le temps depuis que tu es partie. Mais ne t'en fais pas, ça va aller, je comprends parfaitement, ce que je te propose, ce n'est pas ta vie. Mais si tu restes, alors donne-toi les moyens de vivre tout ce que tu veux vivre, vas-y à fond. Sois libre !

– Tu es triste ?

– Non, je suis heureux de te voir, et d'avoir eu le courage de te dire tout ça. Écoute, si un jour ça ne va pas, que tu en as marre de tout, que tu ne trouves plus d'issue, il y aura toujours une issue de secours qui mènera chez moi. Tu n'oublieras pas ?

– Je n'oublierai rien, Michel, rien.

Il est parti le lendemain.

Et je n'ai pas épousé Nicolas.

Jeudi 19 octobre 1989

Ça y est, je suis retournée à Paris dans mon petit studio. Je voyais bien que les parents avaient peur de me lâcher de nouveau dans la nature, mais je ne pouvais pas rester indéfiniment chez eux, et j'ai une liste de choses à accomplir… Même si je ne sais pas très bien comment je vais m'y prendre. Il va falloir que je me démène sérieusement.

Ma jambe va mieux parce que j'ai décidé de nager. J'ai commencé par aller à la piscine à Lyon, et en ai trouvé une pas loin de chez moi, à Paris. Moi qui détestais ça avant…

Mais c'est à peu près le seul sport que je peux pratiquer sans maltraiter cette jambe, et je sens qu'elle commence à dégonfler. Un jour, j'enlèverai ces horribles bandes, et je pourrai remettre des jupes, je me le promets. D'ailleurs, je l'ai rajouté sur la liste.

Je pense beaucoup à Nicolas, à Michel, à Michel, à Nicolas. Mais je ne regrette rien. Le mariage, ce n'est pas pour moi. En tout cas, pas tout de suite. Je me sens libre ! Libre ! Michel avait raison, je dois être libre ! Je me sens bien. J'ai confiance. Si je me suis sortie de cette histoire, avec ce réseau collatéral et beaucoup de chance, c'est que je peux affronter toutes les situations.

« En te levant le matin, rappelle-toi combien précieux est le privilège de vivre, de respirer, d'être heureux », Marc Aurèle.

Alors en avant pour la grande aventure !

Chapitre dix-sept

Nous sommes en 2022, j'ai cinquante-huit ans.

Je suis tombée par hasard en faisant du rangement sur le petit cahier que m'avait offert Michel, et que je remplissais chaque jour à l'hôpital.

Je l'ai relu avec tendresse et émotion, et cela m'a donné envie de raconter mon histoire.

J'ai fait pas mal de choses qui étaient sur la liste : d'abord, à force de nager, j'ai enlevé les bandes et ai récupéré une jambe à peu près normale. Je mets souvent des jupes.

J'ai beaucoup exploré le monde, je suis devenue comédienne et auteure. Je me suis mariée, j'ai eu deux merveilleuses filles. J'ai divorcé (ça, ce n'était pas sur la liste…), et je vis là où je voulais vivre, dans un appartement au cœur de Paris.

Mais je ne suis jamais retournée à Nouméa. Et je n'ai jamais revu Michel. Et je n'ai jamais couvert de cadeaux tous ceux qui m'avaient aidée à surmonter cette épreuve. Et je le regrette.

Michel et moi, nous sommes restés en contact assez longtemps, et puis on a cessé de se téléphoner, on s'écrivait, mais de moins en moins souvent, et puis plus du tout.

Et je le regrette aussi. Et je m'en veux. Et maintenant que je viens de revivre cette histoire, il me manque.

Il s'appelle Michel Guidoni. Il avait quarante-trois ans en 1989. J'ai tout fait pour le retrouver, tout ce que je pouvais tenter depuis Paris… mais je n'ai pas réussi. J'espère qu'il est toujours de ce monde. Si, en lisant ce livre, vous vous dites : « Mais je le connais ! », alors, s'il vous plaît, contactez mon éditrice. Je voudrais dire à mon Magnum que j'ai accompli ce qu'il y avait sur la liste. Et que c'est en grande partie grâce à lui.

Et voilà, c'était ainsi que je m'apprêtais à terminer mon livre. Mais…

Juste avant de l'envoyer à mon éditrice, j'ai reçu ce message sur Facebook :

« Je suis Paul Antoine Guidoni, le fils de Michel qui vous a sauvé la vie sur un îlot en Nouvelle-Calédonie. Nous parlions de vous, mon père et moi, et je me suis dit que vous aimeriez peut-être avoir de ses nouvelles. »

C'était absolument incroyable ! J'avais cherché par tous les moyens de retrouver Michel, et voilà que son fils m'écrivait, alors que je venais de raconter notre histoire et que mon livre n'était même pas encore publié !

Je n'en revenais pas ! Après avoir fait trois fois le tour du salon en hurlant, sauté sur le canapé et dansé la gigue sur la table, j'ai répondu :

« Bonjour Paul Antoine ! C'est absolument invraisemblable, je viens juste de terminer d'écrire un livre qui parle de votre père ! Dites-lui qu'il m'appelle, s'il vous plaît. Voici mon numéro. Mille mercis. Sophie. »

J'ai envoyé le message. Trois minutes plus tard, mon portable sonnait. C'était Michel !

– Bonjour, ma sirène !

– Michel ! C'est toi ! Mais c'est dingue ! Mais c'est complètement dingue ! (Je me suis mise à pleurer.) Mais comment c'est possible, tu as des antennes ou quoi ? Où es-tu, comment vas-tu ?

– Mais je vais bien. Je suis à Cannes.

– À Cannes ? Que fais-tu à Cannes ?

– J'y habite depuis quinze ans. J'ai ouvert un hôtel.

– Un hôtel ! Ça alors ! Et tu es avec tes fils ?

– Non. Figure-toi que mes deux grands fils vivent à Nouméa maintenant. J'ai un autre fils de vingt-six ans. Et une fille de vingt-trois.

– Oh, mais c'est formidable ! Mais, pourquoi est-ce que tu ne m'as jamais contactée ? C'était facile pourtant, je suis sur les réseaux et…

– Mais oui, j'ai suivi ta carrière, tu sais ! Mais… Je ne voulais pas te déranger. Et puis je me suis dit que tu m'avais sûrement oublié.

– Quoi ? Mais tu es fou ? Comment est-ce que je pourrai t'oublier ! Tu m'as sauvé la vie !

Il avait toujours la même voix, avec son accent du Sud un peu plus prononcé, puisqu'il y habitait désormais. On voulait se raconter nos vies, on parlait trop vite, y avait des rires, des sanglots, des silences. Et dans un élan, je lui ai dit :

– J'arrive.

Et le lendemain, j'ai pris le train pour Cannes.

Michel m'attendait à la gare. Je l'ai vu de loin, sur le quai. Je l'ai reconnu tout de suite. Exactement le même, toujours très bronzé, la moustache et les cheveux désormais blancs.

Une chemise de coton bleu ciel, manches retroussées, pantalon beige en lin, chaussures blanches. La classe des hommes du Sud ! Il avait soixante-dix-sept ans. Il me cherchait du regard. J'ai couru à sa rencontre en criant son nom. Quand il m'a vue, il a écarté les bras en souriant. Je me suis précipitée contre lui. On s'est embrassés sur les joues. J'ai pris son visage entre mes mains. Je n'arrêtais pas de répéter : « Ça alors, ça alors !!! » Il riait, il était ému, il disait : « Tu es belle ! », je disais : « Tu es beau », on riait encore… On n'était pas mal à l'aise. Tout semblait naturel, fluide. Je suis montée dans sa voiture. On est arrivés à l'hôtel, dans la vieille ville. Charmant. Une vingtaine de petites chambres avec des balcons. On s'est installés sur la terrasse. Une bouteille de vin. Des heures à se raconter, à tout se dire, sans filtre, sans retenue. Il avait épousé une femme tahitienne à Nouméa. Ils avaient eu deux enfants, étaient revenus vivre en France, puis s'étaient séparés. Sa voix se voilait parfois, il cachait son drôle de sourire de quand il était ému sous sa moustache désormais blanche. On s'est souvenus, l'îlot, les photos dans l'eau, le sauvetage, l'hôpital. Michel m'a appris qu'il était si vétuste qu'il avait dû être entièrement détruit et reconstruit ! Et que ses deux premiers fils, qui étaient finalement venus le retrouver à Nouméa à leur majorité, y travaillaient à présent. On se coupait la parole pour se demander : « Et ça, tu t'en rappelles ? » On riait beaucoup, on buvait beaucoup, on essayait de résumer nos vies en une soirée. Il avait acheté cet hôtel quelques années auparavant, qui se trouvait dans la même rue où il avait vécu toute sa jeunesse avec ses parents, à quelques mètres de sa maison !

– Tu vois, il m'a dit, j'ai eu beau faire le tour du monde, et vivre le plus loin possible d'ici, eh ben, je suis revenu. Retour à la source, la boucle est bouclée.

– Quelle vie formidable tu as eue, Michel, une vie d'aventurier ! Tu es décidément le vrai Magnum !

Il m'avait préparé la plus jolie chambre de son hôtel. Je me suis écroulée de fatigue. Je suis restée six jours avec lui, six jours volés à mon quotidien harassant de mère célibataire, six jours de légèreté, de balades, de rires et de tendresse. J'avais de nouveau vingt-cinq ans, je virevoltais à ses côtés comme une jeune fille, et lui, il redevenait mon héros de Nouméa ! Nous nous rendions nos jeunesses. Nous étions deux vieux amis, et nous étions jeunes pour toujours.

Le dernier soir, nous sommes allés dîner dans un magnifique restaurant de fruits de mer. Il m'a raccompagnée jusqu'à ma chambre, et m'a embrassée sur le front en me soulevant un peu.

Je m'apprêtais à me coucher et à éteindre mon portable lorsqu'il a sonné. C'était Michel.

– Alors, ma sirène, on va encore attendre trente-trois ans avant de se faire un câlin ?

– Ah… Michel… je crains que oui…

– Bon. Alors… j'attendrai…

Remerciements

Je me suis toujours demandé comment remercier Michel. Écrire une histoire dont il est le héros me paraît être la moindre des choses…

Merci à tous les gens si bienveillants qui m'ont aidée à survivre à cette épreuve à Nouméa. J'espère qu'ils liront ce livre et se reconnaîtront.

Merci à tous les autres qui m'ont permis de réaliser ce qu'il y avait sur la liste, ils se reconnaîtront aussi.

Merci à mes petits parents et à tante Zette, qui m'envoient toujours tant d'amour de leurs nuages.

Merci à mes merveilleuses filles, qui m'ont si bien appris à grandir.

Merci à ma charmante éditrice Ambre Rouvière, qui croit à mes histoires vraies et qui accepte même de les publier.

Merci à mon merveilleux ami Gilles Dyrek, qui est le troisième œil que je n'ai pas.

Merci à Marc Aurèle, qui a vaillamment essayé de me montrer le chemin de la sagesse…

Tous les dessins sont d'Othilie, ma fille de dix-sept ans. Je lui ai montré mes gribouillis sur mon carnet, son regard les a transformés…

Merci Marc Aurèle

Édition print sous la direction de : Ambre Rouvière
Assistante éditoriale : Emma Guillaume
Correction : Nord Compo
Composition : Nord Compo
Conception graphique de la couverture : Nord Compo
Illustration de couverture : DR

Tous droits réservés. Toute reproduction, même partielle, de cet ouvrage est interdite sans l'autorisation écrite de l'éditeur.
Une copie ou une reproduction par quelque procédé que ce soit constitue une contrefaçon passible des peines prévues par la loi sur la protection du droit d'auteur.

Depuis 2009, Prisma Media met en place une politique d'achat écoresponsable. Ainsi, près de 100 % du papier de nos magazines est certifié PEFC gestion durable des forêts. La fabrication des livres des Éditions Prisma s'inscrit également dans cette démarche.

Dépôt légal : avril 2023 – n° d'impression 101 868
Achevé d'imprimer en France par : Imprimerie Floch